Claire Renaud
Die Liebenden am Canal Saint-Martin

Paris, ein kleines Restaurant am Canal Saint-Martin. Wie jeden Abend heißt Cyril seine Gäste willkommen. Ein knappes Dutzend Pärchen hat sich hier zum Essen verabredet. Mit Herzklopfen trifft sich Delphine erstmals mit dem jungen Lehrer; am Fenster fingert Aurélie in ihrer Handtasche nervös nach etwas, das sie François zeigen will; neben dem Tisch zweier Liebender steht ein Koffer: Blicke suchen, Hände streifen sich, Sehnsüchte, Wahrheiten, verborgene Gefühle kommen ans Licht. Und zwischen allen eilt die junge Kellnerin Marion umher – von der Cyril einfach nicht die Augen lassen kann …

Claire Renaud, 1976 in Paris geboren, hat in der Stadt der Liebe Philosophie studiert und arbeitet als Lektorin. ›Die Liebenden am Canal Saint-Martin‹ ist ihr fünfter Roman.

Claire Renaud

DIE LIEBENDEN AM CANAL SAINT-MARTIN

Roman

Aus dem Französischen von
Alexandra Baisch

dtv

Deutsche Erstausgabe 2025
dtv Verlagsgesellschaft mbH & Co. KG, München
© 2022 Fleuve Éditions, département d'Univers Poche, Paris
Titel der französischen Originalausgabe:
›La valse des petits pas‹
© 2025 der deutschsprachigen Ausgabe:
dtv Verlagsgesellschaft mbH & Co. KG,
Tumblingerstraße 21, 80337 München
verlag@dtv.de
Umschlaggestaltung: ZERO Werbeagentur GmbH
Umschlagmotive: PixxWerk, München
Satz: Uhl+Massopust, Aalen
Gesetzt aus der ITC Giovanni Std
Druck und Bindung: CPI books GmbH, Leck
Printed in Germany · ISBN 978-3-423-28436-3

Für Sylvain:

*»Schreiben ist ein einsamer Job.
Wenn man jemanden hat, der an einen glaubt,
macht das eine Menge aus.«*

Stephen King, ›Das Leben und das Schreiben‹

1
Amuse-gueule

Langsam steht sie auf.

Inmitten dieser Pariser Brasserie, in der, trotz eines Hauchs Modernität im Dekor, die Zeit stehen geblieben scheint und alles seinen festen Platz hat, von den roten, durchgesessenen Polsterbänken bis hin zu den Aperitifflaschen hinter der Theke, schiebt sie ihren Stuhl zurück und steht tatsächlich auf.

Müsste sie in diesem Moment ein Bild für sich finden, so wäre es vielleicht das eines jungen Fohlens, das sich wenige Minuten nachdem es das Licht der Welt erblickt hat, ungeschickt auf seine zitternden Beine stellt. Zugegeben, die Metapher ist nicht ganz treffend, mehr schlecht als recht müht sie sich trotzdem, erhobenen Hauptes vor ihm stehen zu bleiben.

»Was machst du da?«

Er hat sich auf der bequemen Polsterbank zurückgelehnt und schaut sie durchdringend an. Brauner Anzug, die Zähne gelblich, der Kopf nahezu kahl, eine protzige Uhr am Handgelenk, der Ehering an der linken Hand.

Sie antwortet ihm nicht. Weil sie nicht so recht weiß, was sie sagen soll. Schon lange hat sie nichts mehr von sich aus »gemacht«. Seit alles für sie keinen Sinn mehr ergibt, seit sie nur noch funktioniert hat. Bis zu diesem Moment. Bis zu diesem Moment, hier in diesem Restaurant, in dem ein Anflug von Vernunft sie zu einem irrationalen Handeln bewegt hat, weshalb sie jetzt hinter ihrem wackeligen Stuhl unsicher schwankt.

»Musst du pinkeln? Dann geh.«

Sie muss nicht *pinkeln* gehen. Das heißt, natürlich muss sie das tagtäglich, wie jeder andere Mensch auch. Aber sie spricht es nicht laut aus, denn im Gegensatz zu ihm besitzt sie Schamgefühl und belästigt ihr Umfeld nicht mit möglichen Problemen ihres Verdauungstrakts, der Harnblase oder was auch immer. Erst recht nicht in einem vollen Restaurant mit lauter unbekannten Tischnachbarn.

Einmal mehr hat er sie damit auf ihre Organe und ihren Körper reduziert. Sie kleinmachen, ja, das kann er, sie beschämen, abwerten, erniedrigen … die Liste könnte sie noch unendlich verlängern.

»Himmel noch mal, geh oder setz dich endlich wieder hin!«

Ständig spricht er mit ihr im Imperativ, gibt ihr herablassende Anweisungen. Niemals fällt ein Satz, der auch nur ansatzweise neutral ist. Racines Vers aus der ›Iphigenie‹ geht ihr durch den Sinn: »Wenn Ihr befehlt, wird man Euch gehorchen.« Und was die sonst üblichen

Umgangsformen betrifft: Ein »Bitte« oder »Danke« hat sie auch schon seit Ewigkeiten nicht mehr von ihm gehört. Ganz zu schweigen von solchen Perlen, wie sie eine vorhin am Tisch nebenan vernommen hat, dieses »mein Schatz«, das sich zart ans Ende einer belanglosen Frage geschmiegt hat. Tja, lang ist sie her, die Zeit der Eroberung, als er noch honigsüß um sie herumscharwenzelt war, um ihr Herz zu erweichen. Ihren Körper macht er inzwischen mit Schlägen gefügig.

Aus den Augenwinkeln nimmt sie wahr, dass sie von der jungen Frau am Nebentisch angestarrt wird, die sich zu ihrem Mann auf die Bank gesetzt hat. Sie ist hübsch. Mehr als das: Sie ist eine wahre Schönheit mit ihren langen Haaren und hellen Augen. Sie dagegen, mit der abgetragenen schwarzen Kombination aus Pulli und Rock, den bequemen Schuhen mit Kreppsohle, der blickdichten Strumpfhose, dem praktischen, von ersten grauen Strähnen durchzogenen Pferdeschwanz, das Gesicht ungeschminkt und bis auf ihren Ehering keinerlei Schmuck, dazu ihre spröden Hände, die sie in die Stuhllehne krallt, als würde ihr das helfen, sich ihres Daseins und der Realität zu versichern …

»Verdammt, was soll das?!«

Da, endlich, wird es ihr bewusst. Wird licht, was sie dazu bewogen hat, aufzustehen.

Es war diese unspektakuläre, banale Frage von vorhin, am Nebentisch: *Suchst du was, mein Schatz?*

Seltsam, einen lebensverändernden Satz entdeckt man für gewöhnlich im preisgekrönten Roman eines renommierten Autors oder in einem Kultfilm, erschaffen von einem großartigen Regisseur. Es handelt sich dabei nicht um eine Frage, die ein beliebiger Mann seiner Begleitung an einem ganz gewöhnlichen Abend in einem gewöhnlichen Pariser Restaurant stellt.

Doch für sie ist es eben genau diese Frage, die alles verändert. Denn diese Frage passt zu ihr. Weil sie nichts Hochtrabendes, nichts Pathetisches hat. Und weil sie eine ganz normale Frau ist, die wie alle Frauen einfach nur geliebt werden will.

Dieses ganz gewöhnliche, aufmerksame *Suchst du was, mein Schatz?*, genau das möchte auch sie hören, dafür würde sie alles geben. Und wie sie gerade erfahren hat, kommt so ein Satz manchen Männern tatsächlich über die Lippen, und sie zeigen ihrer Liebsten damit: Das, was dich sorgt und was du brauchst, ist wichtig für mich.

»Willst wohl auffallen, oder was?«

Auffallen? Sie fällt doch schon lange niemandem mehr auf. Nie trägt sie eine knallige Farbe, eine flippige Frisur, ein extravagantes Outfit oder Make-up. Nur ein einziges Mal, vor langer Zeit, hatte sie sich etwas Besonderes gekauft, ein Paar Stiefel. Ihre Mutter hatte sie dazu überredet. »Sie stehen dir gut. Greif zu, gönn sie dir.« Da ist sie schwach geworden. Als er am Abend nach Hause kam, versteckte sie ihre Beine instinktiv unterm Esstisch.

Nichtsdestotrotz bemerkte er ihren Kauf, wollte die Stiefel sehen, also stand sie notgedrungen auf. »Ah, *Fuck-me-Stiefel!*«, rief er höhnisch. Danach hatte sie sie nur noch ein Mal heimlich angezogen und sich prompt als Bordsteinschwalbe Kunden werben sehen, wobei die Stiefel ihr mit seiner Stimme zuraunten: »*Fuck me, fuck me.*« Seither verkümmerten sie in den Untiefen ihres Schranks.

Nein, rein optisch verliert sie sich vollkommen in der Masse. Was ihr ganz recht ist, man soll sie bloß nicht sehen, sie und all den Kummer, der so schwer auf ihr lastet. Am liebsten würde sie ja ganz verschwinden, sich in Luft auflösen. Davon träumt sie oft: Mit jedem Schritt, den sie macht, löst sie sich immer mehr auf, zuerst ein Kleidungsstück nach dem anderen, dann ihr Körper, die Arme, die Beine, der Kopf, bis schließlich nur noch eine schwarze Wolke übrig ist, die ihre Gestalt hat, oder besser noch: eine im Wind verwehende Rauchschwade. Tatsächlich aber schleppt sie weiter diesen unbezwingbaren Kloß voll Traurigkeit mit sich herum, dem auch die Pillen und die Sitzungen beim Psychologen nichts anhaben können, einen tonnenschweren Kloß, der sie auszumachen scheint und sie immer mehr in die Knie gehen lässt.

Du hast doch alles, um glücklich zu sein, sagen ihre Eltern oft, ihre Brüder, ja, sogar sie sich selbst. Aber was braucht man tatsächlich, um glücklich zu sein? Diese

Frage stellt sie sich unaufhörlich. Nun, vielleicht ja das. Vielleicht wird von ihrem inneren Felsbrocken ein gehöriges Stück absplittern, wenn sie sich an diesem Abend, hier in diesem Restaurant, endlich allem entledigt …

Denn ja, es stimmt, gerade, in diesem Moment fällt sie auf. Ein kurzer, schneller Rundumblick über die linke Schulter bestätigt ihr, dass sämtliche Augenpaare auf sie gerichtet sind. Allerdings fühlt sie sich davon auch so gelähmt wie ein Hase, der von den Scheinwerfern eines Autos erfasst wird. Die leisen Unterhaltungen, die den Gastraum zu Beginn des Abends erfüllt haben, sind verstummt. Ein Mann an einem Tisch nahe der Theke starrt sie sogar unentwegt an, sodass seine Frau sich nun, leicht gereizt, ebenfalls zu ihr umdreht.

Die roten Samtvorhänge vor der Eingangstür, die den Raum vor Zugluft schützen, bewegen sich leicht, als kämen weitere Gäste herein, und die Wandlampe, die ihren Tisch beleuchtet, scheint auf einmal etwas heller zu strahlen. Ja, alle, wirklich alle, warten gespannt auf ihre Erwiderung.

Das ist ihre Sternstunde, ihre Minute des Ruhms. Weil sie in einem ganz gewöhnlichen Restaurant, an einem Wochenabend wie jeder andere, etwas völlig Unerwartetes getan hat.

Ihr Theater ist klein, den Text muss sie improvisieren, und um sie herum sind lauter unbekannte Zuschauer. Auch das passt zu ihr.

»Du bist eine einzige Blamage!«

Noch immer bewegt sie sich nicht, steht einfach da. Wenn sie sich nicht bald wieder hinsetzt, wird sie als Single enden. Wie dieser unscheinbare ältere Herr mit dem kahlen Kopf dort drüben, der ihr gleich beim Betreten des Restaurants aufgefallen ist. Er hat sich die Serviette um den Hals geknotet und den Blick auf den Teller gerichtet. Sein einziges Vergnügen scheint das Essen zu sein, und ein Glas Wein. Darauf konzentriert er seine existenziellen Ansprüche. So wie er nähme wohl auch sie an einem Tisch Platz, an dem niemand sie erwartete, und bekäme rasch die Karte gereicht, in den Augen der Kellnerin ein Hauch Mitleid. Sie würde sie unverzüglich bedienen, damit sie schnell wieder verschwand, denn ein Häufchen Elend ist nie gute Werbung für ein Lokal … Vielleicht finge sie ja auch an, Selbstgespräche zu führen, so wie der alte Mann. Obwohl … sie zöge es wahrscheinlich vor, sich zu Hause zu verkriechen, wo ihre Tage eintönig dahinfließen würden, einer nach dem anderen, nur unterbrochen von der Wahl zwischen einer Dose Cassoulet und einem Glas Erbsen … Ja, als Single zu enden wäre eine Niederlage. Ein sozialer Abstieg. Und bis jetzt hat sie immer mit anderen zusammengelebt, zuerst in der Familie, dann im Studentenwohnheim, schließlich mit ihrem Mann. Sie hat es nicht gelernt, allein zu sein.

In diesem Moment hebt der alte Mann unvermittelt

den Kopf. Er schluckt seinen letzten Bissen hinunter, wischt sich mit der Serviette den Mund ab – und lächelt sie herzlich an.

Verschämt schaut sie schnell wieder weg.

Ja, er ist allein. Aber er scheint nicht unglücklich zu sein. Ist es möglich, dass …? Ein neuer Gedanke drängt sich ihr auf: Ist sie nicht längst schon allein? Der alte Herr hat es wohl intuitiv erkannt und sie deshalb voller Mitgefühl angelächelt. Inmitten all der mit Pärchen besetzten Tische hat er seine Leidensgenossin gefunden. Ohne dass sie auch nur ein Wort gewechselt haben, weiß er, dass sie jeden Abend mit dem Essen auf ihren Mann wartet, manchmal stundenlang, ohne ihren Teller anzurühren, auf dem das Essen langsam kalt wird, aus Angst, seine Wut zu entfachen, wonach die Stimmung oft umschlug und sich ein tiefschwarzer Abgrund auftat. Er weiß, dass sie sehr lange schon mutterseelenallein vor dem Fernseher sitzt, mit ihrer Sehnsucht nach einem Miteinander, nach gemeinsamen Unternehmungen, einem Anderswo. Genau wie im Ehebett, wo von Zeit zu Zeit ein kurzer Überfall erfolgt, nach dem sie sich noch mehr allein fühlt. Wenn sie ehrlich ist, kann sie gar nicht einsamer werden, als sie es schon seit vielen Jahren ist.

»He, du blamierst mich hier, ist dir das eigentlich klar?!«

Seine Hände sind jetzt zu Fäusten geballt. Und auf

seinem Gesicht sieht sie die Grimasse, die immer eine Gewitterfront ankündigt und von ihr stets furchtsam verfolgt wird: diese Furche, die sich von seiner linken Augenbraue bis zum Nasenrücken zieht und in der sich sein Verdruss, sein Groll und seine bevorstehenden Vergeltungsmaßnahmen einnisten. Die Furche wird tiefer und tiefer, während sie seinen letzten Satz für sich wiederholt. *Du blamierst mich hier, ist dir das eigentlich klar?!* Ihm ist ziemlich egal, wie es ihr geht und was dieser Satz mit ihr macht. Wieder einmal zählt einzig und allein seine Perspektive. Denn er ist Hirn, Antrieb, Sprachrohr und Macher für sie beide. Sie hat vor Langem schon klein beigegeben. Und sich dabei selbst verloren.

Wie die anderen Gäste sie wohl sehen? Ihr ist durchaus bewusst, dass ihre Reglosigkeit Fragen aufwirft und Unbehagen bereitet. Die Kellnerin traut sich nicht mehr zu ihnen. Der junge Barkeeper sieht ebenfalls besorgt zu ihr her. Und auch das adrette Paar an der Theke ist wachsam: Der Mann hat sich ihnen jetzt ganz zugewandt, eine Hand liegt schon auf der Rückenlehne seines Stuhls, bereit, einzuschreiten, sollte es nötig sein, während seine Frau missbilligend die Stirn runzelt und die knallroten Lippen schürzt.

Denn wann steht man schon in einem Restaurant vor seinem Tisch, wenn alle anderen um einen herum sitzen? Doch höchstens, um bei einer Hochzeit eine Rede zu halten. Davor schlägt man aber erst dreimal mit einem Löffel gegen sein Glas, und dann macht man ein paar Witze, erzählt Anekdoten, bringt alle zum Lachen und erklärt schließlich, dass die Braut wunderschön aussehe und man dem Brautpaar alles Glück der Welt wünsche. Ansonsten steht man nur auf, wenn man etwas verkünden möchte: ein glückliches Ereignis, eine Verlobung oder Beförderung. Sie stellt sich alle möglichen Anlässe vor, weshalb man sich in ihrer Position wiederfinden könnte. Alle sind freudvoll, wortreich, wichtig. Doch in ihrem Fall? Freudvoll, nein, wortreich, auch nicht … aber wichtig, ja, das schwant ihr jetzt langsam.

Dabei macht sie für gewöhnlich keine Szene. So eine ist sie nicht. Sie vermeidet jeglichen Konflikt. Gibt immer sofort nach. Drängelt sich im Supermarkt jemand vor, beschwert sie sich mit keinem Wort. Und sie meckert auch nicht, wenn sie von einem Polizisten angehalten wird, denn offensichtlich hat sie etwas falsch gemacht, weshalb also das Diskutieren anfangen? Sie gehöre zu denen, die immer noch die andere Wange hinhielten, bekommt sie oft von ihm zu hören. Wobei … er benutzt dafür eher solche Wörter wie »Putzlappen« oder »Fußabtreter«. Ja, das ist sie für ihn. Daher wird es hier heute Abend auch keine Schimpftirade geben, keine Ohrfeigen, die sein Gesicht erst in die eine, dann in die andere Richtung donnern, kein Glas Wein, das ihm ins Gesicht geschüttet wird, und keine Teller, die sie mit einer wütenden Handbewegung vom Tisch fegt. Sie wird keine

Rechnung mit ihm begleichen, denn sie hat nie Buch über seine Unverschämtheiten geführt.

Du blamierst mich hier, ist dir das eigentlich klar?! Das Gefühl einer Blamage ist also das, was sie bei ihm noch hervorrufen kann. Und natürlich Wut. Groll. Hass. Aber keine Liebe mehr. Oder Zärtlichkeit. Am wenigsten Zärtlichkeit.

Wieder sieht sie zum Tisch nebenan, zu dieser wunderschönen Frau und ihrem Mann. Die beiden sind jung und reizend, stehen noch ganz am Beginn ihrer Liebe, sind voller Zweifel und gehen sehr achtsam miteinander um. Alles muss erst noch aufgebaut werden. Das Pärchen rührt sie, doch sie empfindet keine Eifersucht. Sie denkt nicht an das, was sie verpasst hat. Sie konstatiert nur, dass es diese Zartheit zwischen ihrem Mann und ihr nie gegeben hat, nicht einmal am Anfang. Er besaß immer Gewissheiten für sie beide, und sie ließ sich davon mitreißen, denn sie selbst hatte nur wenig davon. Doch heute, heute ist sie sich endlich einer Sache gewiss.

Sie beugt sich nach vorn.

Er glaubt, dass sie sich wieder hinsetzt, denn nun umspielt ein böses Lächeln seine Lippen, ah, das war's, ein weiteres Mal ist sie vor ihm eingeknickt, unterwirft sich. Alles reiht sich schön in seine hierarchische Ordnung ein, denkt er wohl.

Und genau das ist das Zünglein an der Waage. Dank dieses arroganten Grinsens findet sie die Kraft, das, was sie sich vorgenommen hat, zu Ende zu bringen. Sie ergreift die Henkel ihrer Handtasche. Richtet sich langsam auf.

Ihre Hände zittern nicht mehr. Ebenso wenig ihre Beine. Ihre Absätze bohren sich in den Boden wie die Stollen an den Schuhen eines Fußballers. Ohne jede Hektik schlüpft sie in ihren beigen Mantel und bindet den Gürtel zu. Beige, ja, das ist ihre Farbe. Ein hässliches Gelbbraun, um genau zu sein.

Sie sieht ihn an.

»Ich gehe, Frédéric. Ich verlasse dich.«

Und damit kehrt sie ihm den Rücken zu, umrundet ihren Stuhl, wäre dabei zwar fast gefallen, kann sich aber noch an der Lehne festhalten. Konzentriert sieht sie zum Ausgang.

Und geht dann darauf zu. Einen Schritt nach dem anderen, wenn auch noch etwas ungelenk, wie ein neugeborenes Fohlen. Sie muss das Laufen erst lernen.

Und vielleicht wankt sie dabei noch eine Weile.

Aber sie wird vorankommen. Und es gibt kein Zurück.

2

»Was zwischen den beiden wohl passiert ist?«

Vom Tresen aus blickt Cyril nachdenklich der Frau im beigen Mantel hinterher, wie sie durch den roten Samtvorhang zur Tür hinaus verschwindet.

Dabei hat der junge Barkeeper die Hände auf die massive, mit Messingbeschlägen verzierte Marmortheke gestützt. Der Tresen ist sein Terrain, der, wenn er sich erlauben würde, es so zu nennen, sein Königreich begrenzt. Niemand kommt zu ihm nach hinten, niemand putzt, räumt auf oder nimmt sich irgendwas ungefragt, egal was. Das ist allein seine Sache. Er weiß genau, wo jedes Getränk seinen Platz hat, angefangen vom Suze-Likör ganz oben im Regal und den Colaflaschen im Kühlschrank über den Wein des Monats in den Holzkisten hin zur Bierzapfanlage links von ihm. Und wenn es heiß hergeht, wenn gegen 21 Uhr der Koch mit den Hauptgerichten in der Küche darauf wartet, dass die Vorspeisenteller der langsamen Esser endlich abgeräumt werden, die Desserts ungeduldig unter der Schlagsahne ächzen, wenn sich an manch einem Tisch die zweite Flasche Wein bereits abzeichnet, das entsprechende Pärchen sich aber noch nicht traut, sie zu bestellen, wenn die Beine der Kellnerin genau wie ihre Laune erste Anzeichen der Erschöpfung zeigen, dann freut Cyril sich jedes Mal darüber, zielsicher nach der Flasche mit dem Pflaumenschnaps greifen zu können und elegant den zweiten Saint-Joseph unter dem Tresen hervorzuholen, ohne erst aufs Etikett zu sehen, kurz, alles perfekt im Griff zu haben, ähnlich einer langjährigen Chefsekretärin, die jeden Text fehlerfrei tippen kann, ohne auf die Tastatur zu sehen.

»Pff, keine Ahnung! Ich trau mich jedenfalls nicht, jetzt dort abzuräumen.«

Marion spricht laut, denn die Gäste haben ihre Unterhaltungen wieder aufgenommen, und es ist zudem die Stunde, zu der der Alkohol die Zungen löst und den Geräuschpegel weiter ansteigen lässt. Noch bis vor fünf Minuten konnte sie sich mit Cyril normal unterhalten. Doch jetzt ist der Brand entfacht, die Scheite haben alle zur gleichen Zeit Feuer gefangen, und im Gastraum geht es hoch her.

Die junge Kellnerin weiß, ab jetzt muss sie sich sehr konzentrieren, um die Bestellungen aller Gäste im Kopf zu behalten, ihre Änderungswünsche und die Abfolge der Menüs. Schnell stellt sie ihr Tablett auf den Tresen, räumt die Aperitifgläser und zwei leere Wasserkaraffen darauf ab, schneidet Brot auf dem kleinen Möbel direkt daneben.

Cyril lässt jedoch nicht locker. Nachdem er frisch gefüllte Wasserkaraffen auf ihr Tablett gestellt hat, beugt er sich zu ihr herüber.

»Geh einfach hin, versuch was zu erfahren.«

»O nein, kommt nicht infrage«, widerspricht sie und zuckt kurz zusammen, weil sie mit dem Brotmesser ganz dicht an ihrem Zeigefinger entlanggefahren ist, sie muss aufpassen.

»Aber sie war ganz blass, als sie rausgeeilt ist«, sagt Cyril besorgt.

»Das wundert mich nicht. Ihr Typ ist ein echter Arsch, ehrlich.« Marion legt das letzte Stück Baguette in ein Körbchen. »Für den musste ich schon den Wein wechseln, weil der angeblich korkte, und das Fleisch war ihm zu durch. Dabei hatte er es da noch nicht mal probiert. Nur um mir zu zeigen, dass der Kunde König ist und ich ihm zu Diensten zu sein habe. Dem wünsche ich die Pest an den Hals! Wie der seine Frau angeblafft hat, als wäre sie ein Hund! Wenn mich einer so behandeln würde, dem würde ich echt was pfeifen!«

»Ach, und wie möchtest du behandelt werden?«, fragt Cyril mit einem Schmunzeln.

»Wie ich von Männern behandelt werden möchte?« Die hübsche Kellnerin schnaubt. »Freundlich, respektvoll und keinesfalls so herablassend wie der das macht!«

Cyril sieht Marion zufrieden hinterher, wie sie mit den Brotkörben davoneilt. Jeden Abend erfährt er dank ein, höchstens zwei diskreter Fragen – schließlich will er nicht zu neugierig wirken – etwas mehr über sie und kann so sein Bild von ihr vervollständigen.

Sie kellnert erst seit zwei Monaten bei ihnen. Eines Abends ist sie im Restaurant aufgetaucht, eine Klarsichthülle mit ihrem Lebenslauf in der Hand, und wollte wissen, ob hier jemand gebraucht würde. Als der Besitzer sich erkundigte, ob sie denn schon mal bedient habe, hatte sie genickt und gesagt: »Bei Fernand – wenn man das ein Restaurant nennen kann.« Das gefiel dem Wirt, er prustete laut. Er mag Witze. Und Menschen mit Esprit. Noch am gleichen Abend stellte er sie ein.

Schnell zeigte sich allerdings, dass die junge Frau geflunkert hatte. So, wie sie das Tablett balancierte, mit beiden Händen, als wär's ein großes Mehlsieb, sodass alles gewackelt hat und die Gläser gefährlich nah an den Rand gerutscht sind. Und dann ihr Outfit: Am ersten Abend trug sie weiße Jeans, dazu Schuhe mit Absatz! Daher gab Cyril ihr von seinem Tresen aus in den ersten Wochen dezente Hinweise, wie sie die Gäste am besten platzierte, wann sie ihnen die Speisekarte bringen und sie beraten sollte und in welchem Rhythmus die Teller aufzutragen waren, all diese kleinen Tricks. Er tat das ganz nebenbei, mit viel Feingefühl, um sie ja nicht zu verletzen, denn er hatte gleich gemerkt, dass sie sensibel war. Ein Hitzkopf, wie seine Mutter sagen würde, kaum stellt man die Flamme unter dem Topf etwas höher, kocht so jemand über.

Cyril hingegen arbeitete schon seit vier Jahren in dieser Brasserie am Canal Saint-Martin. Zunächst nur nebenher, als Student. Irgendwann, nachdem er sein Studium an der Filmhochschule hingeschmissen hatte, war dann ein Vollzeitjob daraus geworden. Er konnte sich einfach nicht mit diesen anmaßenden Pariser Filmstudenten identifizieren, die von seinem Lieblingsregisseur immer nur den einen Film anführten, den er nicht gesehen hatte. So hatte er zunehmend das Gefühl bekommen, überall nur Unzulänglichkeiten aufzuweisen: in Sachen Kultur, sozialer Zugehörigkeit, Geld. Er hatte noch nicht mal gewagt, einen Kommilitonen oder eine Kommilitonin in sein winziges Apartment einzuladen, so sehr hatte er sich damals geschämt. Inzwischen ging er nur noch ins Kino und auch das längst nicht mehr so oft wie früher.

Den Job als Barmann hatte er eines Abends gefunden, als er am Canal Saint-Martin entlangspaziert war. Das tat er oft, denn das Kreischen der Möwen über dem Wasser erinnerte ihn an sein Zuhause, die Bretagne. Er hatte sich auf ein Glas Bier an einen der Tische auf dem Gehsteig gesetzt. Dass keiner kam, um seine Bestellung aufzunehmen, störte ihn erst mal nicht weiter, er betrachtete in aller Ruhe das Leben am Kanal, die Pärchen, die verliebt am Ufer saßen. Nach einer halben Stunde ging er schließlich nach drinnen und bat den überforderten Kellner um ein Bier, wartete aber auch dort vergeblich. Sodass er sich, vom Durst getrieben, schließlich selbst eins zapfte. Als der Wirt (der an diesem Abend aus Personalmangel kellnern musste) ihn unwirsch anfuhr, was er hinter dem Tresen zu suchen habe, antwortete Cyril höflich, dass er vor geraumer Zeit bei ihm ein Bier bestellt habe, woraufhin nichts passiert sei, weshalb er ihn kurz vertreten habe und selbstverständlich bezahle. Der Wirt schluckte betreten, sah kurz auf das perfekt gezapfte Bier – und ließ ihn umgehend anfangen. Den ganzen Abend über füllte Cyril dann Gläser und Karaffen, und so nahm alles seinen Lauf.

Inzwischen fühlte er sich in dem Restaurant richtig heimisch. Denn für jeden hier war er ein Pariser und nicht der plumpe bretonische Provinzler, für den er sich an der Filmhochschule zunehmend gehalten hatte. Eines Abends hatte ein Gast ihm die Augen geöffnet: »Hey, hab ich's mir doch gedacht, du bist Bretone ... Warum wirst du jetzt rot? Dafür muss man sich doch nicht schämen! Weißt du, kaum einer ist hundertprozentig Pariser, selbst die nicht, die sich hip geben. Frag sie doch mal, du wirst schon sehen.« Danach hatte Cyril tatsächlich eine unauffällige Umfrage gestartet; ganz nebenbei plauderte er mit seinen Gästen beim Bezahlen über ihr Leben, ihre Arbeit, ihre Herkunft. Und siehe da: Kein Einziger war in der Hauptstadt zur Welt gekommen. Dadurch war dem jungen Bretonen klar geworden, dass der Pariser als solches nichts als ein Mythos war, ein Schutzpanzer, den sich hier einfach jeder überzog, um ernst genommen zu werden.

Wenn er hin und wieder früher im Restaurant eintrifft, am späten Nachmittag, nach einem Kinofilm, und am Kanal noch eine Zigarette raucht, entdeckt er manchmal noch den einen oder anderen Widerständler. Sie haben ihre Angeln dabei, werfen ihre Leinen ins Wasser, setzen sich auf ihren Klapphocker. Einen Schlapphut auf dem Kopf, in Tarnweste und abgewetzten Jeans, rufen sie so ihre Sommerferien am Meer oder die Wochenenden ihrer Kindheit herauf. Sie importieren das Landleben, all die Flussufer, Kanäle, Bootsanleger und Strände in die Lichterstadt an der Seine und distanzieren sich damit von all der großstädtischen Geschäftigkeit, dem schönen Schein und dem ganzen Hinterherjagen für nichts und wieder nichts. Diese Angler wirken wie aus der Zeit gefallen, unangepasst und entspannt, bekennen sich zu ihrem schlechten Kleidergeschmack, der Bummelei – und dem Absurden: Sie fangen nämlich keinen einzigen Fisch. Und sollte doch wider Erwarten irgendeine erbärmliche Kreatur anbeißen, lassen sie sie angesichts dessen, was das Tier verschlungen hat, sofort wieder frei. Cyril stellt sich häufig neben sie und plaudert mit ihnen. Und dabei kommen irgendwann alle auf ihre Herkunft, ihre Kindheit, ihre Nostalgie zu sprechen …

Cyril greift nach einem Geschirrhandtuch und blickt sich um. Auch hier im Restaurant ist keiner von seinen Gästen in Paris geboren, da ist er sich sicher. Der Arzt da drüben mit seiner Frau stammt aus der Vendée. Der Mann am Tisch vor dem Tresen aus der Normandie, aus Lisieux. Der Aufreißer am Fenster, der jede Woche mit einer anderen Frau aufkreuzt und trotzdem ganz ungeniert jeder potenziellen Eroberung auf der Straße nachgafft, kommt aus Bordeaux. Und der Vater mit seiner Tochter aus Belgien, was man bei der perfekt sitzenden Kluft eines Finanzdirektors aus den schicken Stadtvierteln eigentlich nicht vermutet, doch bisweilen verrät ihn sein belgischer Akzent. Ja, alle stammen von woandersher – und sind trotzdem echte Pariser, er, Cyril, eingeschlossen.

Und Marion? Wo kommt sie wohl her? Trotz Cyrils geschickter Nachforschungsversuche, seiner vermeintlich belanglosen Fragen hat sie bisher noch kein Wort über ihre Vergangenheit verloren. Manchmal kommt er sich schon so vor, als wäre er ein Galan in einem Roman aus früheren Zeiten, in dem die Angebetete ihr Geheimnis nur ganz allmählich enthüllt, so als lege sie erst den Hut ab und zöge dann einen Handschuh nach dem anderen, ihren Pelzschal und so weiter aus. Ob es ihm wohl gelingt, ganz zum Schluss den Blick auf ein Stück

Haut zu erhaschen? Auf ihr Handgelenk? Auf den Knöchel eines Fußes?

Bis dahin verfolgt er seine Ermittlung jedenfalls tapfer weiter. Und was er bisher noch nicht weiß, malt er sich eben aus. Im Traum hat er sie sogar schon mehrfach nackt gesehen, und das war gar nicht übel. Seine Fantasie vervollständigt so das Bild, das er Abend für Abend vor Augen hat: Die junge Kellnerin ist hübsch, hat hohe Wangenknochen, dunkle Augen, burschikos geschnittene blonde Haare, schöne Brüste. Vor allem Letztere haben es ihm angetan, das kann er nicht leugnen. Ihre prallen Brüste machen ihm Hoffnung: Etwas in Marion ist voller Leben, quillt über. Und an dieser Fülle will er sich unbedingt laben. Selbst wenn sich die Eroberung noch so schwierig gestaltet.

3
Entrecôtes-frites

»Du hast nicht zufällig Lust, heute Abend mit mir in unser Restaurant um die Ecke zu gehen?«, habe ich dich am Nachmittag beim Kaffee gefragt.

»Ja, warum nicht, mein Schatz, das ist eine gute Idee. Mir ist heute überhaupt nicht nach Kochen. Also, abgemacht: Die Hausherrin lässt heute ihre Schürze am Haken«, hast du fröhlich geantwortet.

Uns wurde wie gewöhnlich der kleine Tisch zugeteilt, inmitten von allen und etwas im Durchzug, aber das stört uns nicht weiter. Wir haben gern viele Menschen um uns herum, mit all ihren Gesten und lautstarken Gesprächen, ihrer greifbaren Gegenwart. Wir ziehen die Stühle heraus, hängen unsere Jacken über die Lehnen, ganz simultan, als wäre der eine das Spiegelbild des anderen. In aller Ruhe setzen wir uns. Eine Weile sehen wir uns schweigend um, prüfen, ob noch alles an seinem vertrauten Platz ist, die Tische, der rote Samtvorhang am Eingang gegen die Kälte, an den Wänden die Gemälde mit Feldern, Bauernhöfen und Kühen, wohl weil das Restaurant vornehmlich Fleischspezialitäten aus der Provinz auf der Karte hat, die Teller aus weißem Porzellan, das Besteck ordentlich nebeneinander, die volle Wasserkaraffe steht schon da, und auch die kleine Vase mit einer einzigen Blume, heute Abend eine Nelke, bei der wir darauf achten, sie nicht umzuwerfen. Wir erkennen ein paar Leute wieder, natürlich den netten jungen Barmann hinter dem Tresen, aber auch den Verführer aus Bordeaux drüben am Fenster, den Arzt und seine Gattin, nicht weit von den Toiletten entfernt, und das junge Paar, das immer genau vor uns sitzt. Ach, sieh an, als wir sie das letzte Mal gesehen haben, war sie noch hochschwanger, das Baby muss also inzwischen auf die Welt gekommen sein. Wir lächeln uns an. So geht das Ballett des Lebens.

Heute Abend werde ich die junge Bedienung nicht um die Speisekarte bitten. Ich bestelle gleich. Dasselbe für uns beide, schließlich kenne ich dich gut genug. Zweiundvierzig Jahre sind wir nun schon ein Paar, man stelle sich das mal vor! Das ist eine lange Zeit, um einander zu beobachten, zu beglücken und vorhersehen zu können, was der andere am liebsten möchte.

Du bist wie ich, du magst Entrecôte, medium gebraten, mit Pommes frites. Hier machen sie die richtig gut. Und die Teller sind schön gefüllt, nicht wie in diesen schicken Restaurants, die man immer hungrig wieder verlässt, wobei man sich fragt, was man eigentlich genau gegessen hat. Hier dagegen gibt es ehrliche, bodenständige Küche: Die Hähnchenschenkel sind prall und glänzend, das Rindertatar wird noch mit dem Messer kunstfertig geschnitten, das Risotto ist eine ordentliche Portion und herrlich cremig.

Und genauso mag es meine Jeanne. Sie steht nicht auf Schnickschnack, das ist nicht ihr Ding. Sie hat ordentlich Appetit. Und einem kleinen Dessert ist sie auch niemals abgeneigt. Diäten, das ist nichts für sie. Und für mich ebenso wenig. Wir haben deshalb über all die Jahre etwas Hüftgold angesammelt, bringen uns gegenseitig unter der Decke aber trotzdem noch zum Schwitzen, auch wenn meine Jeanne über solche Dinge, die nur uns beide etwas angehen, nicht gern spricht.

Sie streicht ihren Faltenrock jetzt ordentlich über die Beine und zupft sich das Jäckchen an den Schultern zurecht. Mit der rechten Hand überprüft sie den Sitz ihres Dutts, wobei sie den Kopf leicht neigt, und steckt eine widerspenstige graue Strähne mithilfe einer Haarnadel fest. Dann lächelt sie selig, weil sie sich heute bedienen lassen kann, ausnahmsweise einmal. Meine Jeanne hat uns immer gut umhegt, mich und unsere drei Kinder. Mir war lange nicht klar, wie viel Arbeit das tatsächlich war, viele Jahre fand ich das völlig normal, eine Frau muss nun mal den Haushalt schmeißen, wie man heutzutage so schön sagt. Das heißt, sie wusch, bügelte, bleichte, kochte, scheuerte, pflegte uns, wenn wir krank waren, tröstete, liebkoste, half bei den Hausaufgaben … Wenn ich heute daran denke! Und dazu noch all die Arbeit in unserem Laden! Ohne sich je zu beschweren und immer mit einem Lächeln auf den Lippen. So wie jetzt. Ich mache mir wirklich Vorwürfe. Ich hätte es ihr in all unseren Ehejahren etwas leichter machen können, all die alltägliche Last.

Gespannt sieht sie sich um. Gleich wird sie einen ersten Kommentar abgeben. Das ist unsere heimliche Leidenschaft. Wann immer wir in einem Restaurant oder auf der Terrasse eines Cafés sitzen, lassen wir uns leise über die Leute um uns herum aus. Natürlich niemals über deren Erscheinungsbild, da haben wir unsere Prinzipien. Und wir kritisieren die anderen auch nur äußerst selten. Nein, dafür sind wir nicht hier: Vielmehr denken wir uns einfach nur ihre Geschichten aus.

»Der Barmann und die Kellnerin könnten Bruder und Schwester sein, sie wirken so vertraut. Was sie wohl für eine Kindheit hatten? … Die beiden sind auf dem Land aufgewachsen, würde ich sagen. Sie zeigen jedenfalls nicht das typisch städtische Verhalten, wirken eher geradeheraus und ungeniert«, raunt Jeanne mir zu.

Und das Paar zu unserer Rechten, auf der anderen Seite?

»Sie wirkt glücklich, dieses junge Mädchen, aber sieh ihr mal in die Augen, darin verbirgt sich eine große Traurigkeit, um nicht zu sagen Not«, flüstere ich.

Jeanne nickt.

»Und die Frau im beigen Mantel, was denkst du über sie?«

»Wenn eine Frau aufsteht und geht, dann sollte der Mann sie begleiten, findest du nicht? So habe ich das zumindest gelernt«, erwidere ich.

»Und dieser Rüpel blieb einfach sitzen. Ich würde sagen, dass er ihr Chef ist, irgendwie hatte sie Angst vor ihm. Womöglich hat sie ihm gerade erklärt, dass sie kündigt«, meint Jeanne.

»Hm, ja, so wird es sein«, antworte ich.

Jeanne hat unglaublich viel Fantasie. Früher hat sie sich abends immer Geschichten für die Kinder ausgedacht, die haben das geliebt, und ich habe oft von der Schlafzimmertür aus zugehört.

Die Kellnerin kommt zu uns.

»Zweimal Entrecôte mit Pommes, bitte.«

Mit großen Augen sieht sie mich an.

»Sind Sie sich sicher, Monsieur?«

»Ja, ich bin mir sicher, Mademoiselle, aber danke der Nachfrage.«

»Wissen Sie, die Entrecôtes … die sind hier ziemlich groß. Ich hoffe, Sie haben viel Hunger.«

»Ich weiß. Und ich habe *großen* Hunger!«, entgegne ich lächelnd.

Als die Kellnerin weg ist, sehe ich Jeanne an. Sie beugt sich zu mir.

»Erinnert dich dieses junge Mädchen an jemanden?«
»Ja, an dich …«

In der Tat erinnert die Kellnerin mich an das junge Mädchen, das ich vor so vielen Jahren auf dem Postamt kennenlernte, wo wir beide arbeiteten, ehe wir unseren kleinen Lebensmittelladen eröffneten. Auf dem Amt war Jeanne noch ziemlich streitlustig, immer wollte sie recht behalten. Und man konnte ihr nichts vormachen. Trotzdem wollten alle älteren Herrschaften immer von ihr bedient werden, selbst wenn sie an ihrem Schalter doppelt so lange anstehen mussten. Das machte mich auf sie aufmerksam. Jeanne sprach leise, versuchte jeden zu verstehen, brachte ihre verworrenen Angelegenheiten in Ordnung. Sie konnte aber auch richtig laut werden, wenn jemand die älteren Kunden rüde behandelte, sich vordrängeln wollte oder sonst wie unhöflich zu ihnen war.

Es dauerte lange, bis ich es wagte, sie auf ein Glas Wein einzuladen. Ich hatte furchtbare Angst, einen Korb zu bekommen. Eines Abends fasste ich dann doch Mut, setzte eine altmodische Schiebermütze auf und ließ einen dummen Spruch vom Stapel, à la »Ich weiß, Sie haben ein Faible für ältere Herren«, was sie auch völlig falsch hätte interpretieren können. Knallrot wurde ich dabei und wollte meine Worte zurücknehmen, aber dazu war es zu spät. Und was geschah? Sie lächelte. Und nahm meine Einladung an. Zwei Monate später hielt ich um ihre Hand an. Seinerzeit trödelte man nicht lange herum. Und ich wollte auch gar nicht trödeln. Denn sie war die Richtige, das wusste ich gleich. Sie sagte sofort Ja. Ich konnte es kaum glauben.

Seit damals habe ich ein Foto von unserer Hochzeit in meinem Geldbeutel. Es war ein unglaublich schöner Tag gewesen. Obwohl es Bindfäden regnete, als wir aus der Kirche herauskamen (ja, wir heirateten kirchlich, ihr zuliebe). »Der Erste, der ein ›Hochzeit im Regen bringt Freude und Segen‹ von sich gibt, bekommt eine geknallt«, flüsterte Jeanne mir damals zu. Prompt sagte meine Mutter beim Gratulieren genau das. Ich spürte, wie Jeannes Finger in meiner Hand zuckten. Doch dann sah sie mich an, grinste und bedankte sich bei meiner Mutter herzlich für die guten Wünsche. Ja, so ist sie, meine Jeanne. Ungestüme Gewitterwolken, die sich aufgrund ihrer Zärtlichkeit ebenso schnell leeren wie übervolle Blasen.

Habe ich sie in all den Ehejahren glücklich gemacht? Ich glaube schon. Wir hatten unsere guten Zeiten. Und unsere schlechten. Alles in allem waren es aber mehr gute, wenn man Bilanz ziehen würde. In ihrem Tagebuch, das sie jeden Abend sorgfältig führte, wird man jedenfalls ein eindeutiges Plus sehen.

Über den Tisch greife ich nach ihrer Hand. Sie ist genauso breit wie meine, nicht schmal und feingliedrig. Es ist eine Hand, die festhält, was sie zu fassen bekommt, und es nicht wieder loslässt. Eine Hand, die zur Faust wird, versucht man, ihr wegzunehmen, was ihr gehört. Eine Hand, die unsichtbare Tasten auf dem Tisch anschlägt, wenn meine Jeanne ein bekanntes Musikstück hört – dabei hat sie nie Klavierspielen gelernt –, und auf den Tisch trommelt, wenn sie ihrer Meinung nach zu lange warten muss. Eine Hand mit unlackierten, aber immer makellos gepflegten Fingernägeln, die in unserem Laden früher die schönsten Früchte für die älteren Herrschaften aussuchte. Eine Hand, die nur ein einziges Schmuckstück ziert, ein schmaler goldener Ehering mit meinem Namen, während bei meinem ihr Name eingraviert ist. Das heißt nicht ganz, ich hatte irgendwann noch »Chérie« hinzufügen lassen. Sie hatte damals gelacht. »Das ist aber nicht mein Familienname.«

Sanft streichele ich jetzt diese Hand, deren blaue Adern inzwischen deutlich hervortreten wie die Wurzeln eines Baumes. Diese Hand, die so viel gewaschen und geschrubbt hat, dass die Haut auf dem Handrücken dünn geworden ist, während die Handinnenfläche Schwielen bekommen hat. Diese Hand mit ihren vielen kleinen Falten und Fingergelenken so dick wie die Augen eines Rosenstrauchs, die ich bei allen wichtigen Ereignissen festhielt, beim Verlassen der Kirche, bei der Geburt unserer Kinder, bei deren Hochzeiten, bei der Beerdigung unserer Eltern. Und, sooft es ging, ohne besonders darauf zu achten, auf der Straße, beim Spaziergang durch den Wald am Sonntagnachmittag, am Strand, abends auf dem Sofa. Oder im Restaurant. Wie heute Abend. Deine Hand, liebste Jeanne.

Ja, ich kann von Glück sagen, Jeanne gefunden zu haben. Und dass unsere Ehe gehalten hat, denn der Alltag mit mir war bestimmt nicht immer einfach und angenehm gewesen. Wenn ich all die Paare hier um uns herum sehe, die sich noch suchen wie der Barmann und die junge Kellnerin, die ihre Beziehung beenden wie die Frau im beigefarbenen Mantel oder den anderen betrügen wie der Stammgast drüben am Fenster, der jedes Mal ein anderes Mädchen dabeihat, dann sage ich mir, dass sich Gott, an den ich sonst eigentlich wenig glaube, an jenem Tag, an dem ich Jeanne kennengelernt habe, ein paar Sekunden seine Hand segnend über uns gehalten haben muss.

Ich sehe meine Jeanne an. Sehe ihre blauen hellen Augen, deren Blick sich im Handumdrehen verdüstern und kurz darauf wieder strahlen kann. Ihre Augen, eingefasst von Lachfältchen, fein wie Wimpern. Wie gern würde ich diese Augen noch einmal in echt sehen …

Zu ihrer Beerdigung vorgestern sind viele Menschen gekommen. Man hat sie geliebt, meine Jeanne. Der Pfarrer hat eine schöne Grabrede gehalten. Sie war sehr persönlich und besonders. Er kannte sie ja auch gut, schließlich war sie jeden Sonntag in die Kirche gegangen. Und wenn sie danach heimkam und ich sie fragte, ob sie Spaß gehabt habe, wurde sie leicht böse und erwiderte, eine Messe sei kein Amüsement. Monique hat auch schön gesprochen. Über all das, was sie gemeinsam für die Gemeinde gemacht hatten, dem Verteilen von Kaffee, Sandwiches und Suppe an die Obdachlosen (ich habe sie dabei immer begleitet, man weiß ja nie), über die Gemeindefeste, für die ich die Stände aufbaute und Getränke ausschenkte, bis zu den Vorbereitungsabenden, bei denen die beiden jungen Ehepaaren vom Sakrament der Taufe erzählten, während ich mit deren Babys zwischen den Sitzreihen der Kirche hin und her spazierte. Wenn ich es mir recht überlege, engagierte ich mich mit ihr zusammen sehr für die Kirchengemeinde. Und das, obwohl ich nicht gläubig bin. Typisch Jeanne: Sie hat mich bei allem immer mitgezogen, ohne dass ich es mitbekam.

Ich für meinen Teil habe keine Rede gehalten; bei so was bin ich nicht gut, außerdem waren meine Gefühle viel zu sehr in Aufruhr, ich hatte Angst, vor allen in Tränen auszubrechen. Da, wo ich stand, ganz vorne rechts, konnte ich ihnen getrost freien Lauf lassen. Für unsere Familie hat Loïc gesprochen. Sehr würdevoll und einfühlsam. Sie hat sie gut erzogen, unsere Kinder. Und bei Loïcs Erinnerungen an sie habe ich auch ein paar Dinge erfahren, die die beiden hinter meinem Rücken ausgehandelt hatten, insbesondere dieser eine Blechschaden, bei dem ich mich damals gefragt hatte, wie Jeanne unseren Peugeot 309 so zugerichtet haben konnte, da sie für gewöhnlich eine sehr vorsichtige Fahrerin war. Jetzt bekam ich endlich die Antwort darauf: Nicht sie, sondern Loïc hatte unser Auto gegen einen Pfosten gefahren, weil er eine Kurve falsch eingeschätzt hatte und von der Straße abgekommen war. Ich musste lächeln, als ich das erfuhr. Und gleich darauf wieder weinen, weil es fortan keine weiteren Geheimnisse mehr zwischen uns geben würde.

Während des Leichenschmauses in unserem Laden, zu dem wir nach der Beisetzung eingeladen hatten, hat mich unsere Tochter Martine gefragt, was ich jetzt vorhätte. Da überkam es mich wie ein Geistesblitz: Wir würden verreisen! Seit Jahren führten Jeanne und ich eine Liste mit all den Orten, wohin wir reisen wollten, wenn wir erst im Ruhestand wären und unser Geschäft verkauft hätten. Zum Mont Saint-Michel (ja, ich weiß, der ist ganz in der Nähe, aber wir haben uns einfach nie Zeit dafür genommen). In die Bourgogne, zum Hôtel-Dieu von Beaune. Dann nach Petra. Zum Taj Mahal. Und zum Roten Platz. Nicht schlecht für den Anfang, nicht wahr?, erklärte ich meiner Tochter. Damit würden wir unsere Ersparnisse zwar ein bisschen schmälern, aber man müsse sich auch mal ein kleines Vergnügen gönnen, das Leben sei viel zu kurz, und gleich morgen würde ich die ersten Bahntickets reservieren. Martine sah mich etwas eigenartig an, aber das war mir egal: Ja, wir würden es uns ausnahmsweise mal so richtig gut gehen lassen, ganz ohne Schuldgefühle. Daraufhin nahm meine Tochter mich nur sanft in den Arm und rief mir in Erinnerung, dass Jeanne soeben beerdigt worden und ich nun Witwer sei.

Zumindest wollte Martine mich das glauben machen.
Aber ich weiß sehr wohl, dass das nicht stimmt.
Denn, Jeanne, du bist hier. Hier bei mir.
Und jetzt mache ich mich über das zweite Entrecôte her.

4

»Das ist irgendwie traurig, dieser ältere Herr da ganz allein. Und es sieht so aus, als ob er mit jemandem sprechen und dessen Hand festhalten würde. Dabei sitzt ihm überhaupt niemand gegenüber. Eigenartig, findest du nicht?«

Cyril weiß nicht, was er darauf antworten soll, deshalb wischt er erst mal sorgfältig die Theke sauber. Er würde sich nicht als pingelig bezeichnen, aber er mag es schon, wenn alles blitzt und glänzt. Das macht er ebenso sehr für seine Gäste wie für sich selbst. Wenn er sich zu den Regalen umdreht, in denen die Flaschen im exakt gleichen Abstand aufgereiht sind, mit sauberem Ausguss und ohne eine einzige Tropfenspur auf dem Etikett, ist er zufrieden. Es gibt so vieles im Leben, auf das er keinen Einfluss hat, da tröstet es ihn, eine tadellos saubere Flasche aus dem Regal nehmen zu können, wann immer er seine Hand danach ausstreckt. So wie jetzt, da er überlegt, was er Marion von Monsieur Fontaine erzählen soll, der seit Jahren Stammgast ist und noch nie allein gegessen hat. Irgendetwas muss da vorgefallen sein.

Der jungen Kellnerin ist indessen nicht aufgefallen, dass er nach einer diskreten Antwort sucht, sie hat die Dessertlöffel gezählt.

»Andererseits …«, fährt sie fort, »fühlt man sich manchmal ja auch ganz gut allein. Du zum Beispiel, du stehst allein hinter der Theke, und du magst das. Da geht dir keiner auf die Nerven.«

»Ich bin hier nie allein. Du gehst mir doch … du schwirrst hier doch die ganze Zeit herum.«

Gerade noch mal hat er sich die Neckerei verkniffen, dass sie ihm auf die Nerven gehe. Dafür kennt er ihren Humor noch nicht gut genug. Sehr wohl aber ihre sensible Art. Schon häufig hat er in ihrem Gesicht dunkle Wolken aufziehen sehen, die auf unheilvolle Gewitter hinwiesen. Er hat Angst, die falschen Tasten zu drücken, die Blitz und Donner heraufbeschwören könnten. Daher hat er schnell diese verbale Pirouette gedreht.

Und er hat gut daran getan. Sie lacht. Und Cyril liebt dieses glockenhelle Lachen. Blindlings greift er ins Regal, schenkt einen Schluck Granatapfelsirup in ein Glas, füllt es mit frischem Leitungswasser auf und schiebt es ihr hin. Überrascht und dankbar greift sie zu.

Ja, er weiß genau, dass sie zu dieser Stunde immer ein bisschen Zucker und etwas Durststillendes braucht. Ich kenne sie zwar noch nicht näher, denkt er zufrieden, aber immerhin das weiß ich schon mal. Natürlich sind er und Marion noch weit entfernt von so einem langjährigen Paar wie Monsieur und Madame Fontaine, aber irgendwo muss man schließlich anfangen. Und instinktiv zu wissen, was der andere braucht, ist schon mal ein guter Anfang.

Geräuschvoll wie ein Kind saugt sie an ihrem Strohhalm. Noch nie hat sie ihn um was mit Alkohol gebeten, was eigenartig ist. Er selbst genehmigt sich während des Rushs ein kleines Bier, manchmal auch zum Feierabend. Sie hingegen: Wasser. Und Sirup. Auch deshalb hat er ihr noch nie einen Absacker vorgeschlagen. Marion, darf ich dich auf ein Glas Grenadine einladen? Lächerlich wäre das kurz vor Mitternacht! Und überhaupt: ein Barkeeper, der eine Frau mit einem Drink anbaggert, das war ja wohl das Klischee schlechthin! Aber wie soll er es sonst anstellen? Wie kann er sie für sich begeistern oder ihrer Liebe zumindest etwas Starthilfe geben?

Dabei ist er gar nicht untätig, sondern probiert immer wieder Neues aus, um ihr verständlich zu machen, dass sie für ihn viel mehr als nur eine Arbeitskollegin ist. Neulich hat er dafür extra einen Zaubertrick gelernt. Als Ali eines Abends vor dem Rush für den Geburtstag eines seiner Kinder übte, wie er eine scheinbar zufällig gewählte Spielkarte verschwinden und wiederauftauchen lassen konnte, bat er ihn, es ihm beizubringen. Dem pakistanischen Koch war sofort klar, wen Cyril damit beeindrucken wollte, und erklärte es ihm mit einem verschmitzten Augenzwinkern Schritt für Schritt. Cyril übte tagelang. Und als er schließlich so weit war, wagte er sich an einem Abend nach Dienstende damit vor, während sie im Abstellraum ihre Sneaker anzog. Wenn er daran zurückdenkt! Zum Glück bringt einen eine Blamage nicht gleich um. Zu viel stand auf dem Spiel, der Druck war zu hoch, weshalb er die Karte zu weit in seinen Ärmel schob, sodass er sie im passenden Augenblick nicht wieder hervorziehen konnte, worauf Marion lachend erklärte, sie habe es gleich durchschaut. Das brachte ihn dann so in Rage, dass sie nur schulterzuckend meinte, »Das ist doch nicht schlimm«, sich auf ihr Fahrrad schwang und in die Nacht verschwand. Doch für ihn war es schlimm. Wütend hatte er Ali die Karten vor die Füße gepfeffert. Um sie gleich darauf wieder einzusammeln und sich wortreich zu entschuldigen …

Cyril schreckt aus seinen Gedanken auf, als ein leeres Glas seine Hand berührt.

»Oh Mann, das hab ich jetzt wirklich gebraucht«, erklärt Marion, schnappt sich ihr Tablett und mit einem »Also ich bin gern allein, mich stört das nicht« macht sie sich auf, um an Tisch 2 die Teller abzuräumen.

Überrascht sieht Cyril ihr nach.

Ah, eine weitere Info, ein neues Puzzleteil. Und was für ein Teil! Dann hat sie also keinen Freund, ist Single, oder etwa nicht?!

Seine Freude darüber ist jedoch nicht ungetrübt. Wenn er es nämlich recht bedenkt, ist dann ein Singledasein, zu dem man voll und ganz steht, nicht ein sehr viel größeres Hindernis als alle auf der Lauer liegenden Schönlinge? Wie viel einfacher wäre es für ihn, es mit einem Rivalen aufzunehmen als gegen solche unsichtbaren Barrieren anzukämpfen. Aber er hat keine Wahl: Es hat ihn einfach voll erwischt.

Und vielleicht ist sie ja auch nicht komplett allein; vielleicht hat sie ja eine Katze, mit der sie ihr Leben teilt. Obwohl ... eigentlich sieht sie nicht nach einer Katzenliebhaberin aus. Solche kennt er zur Genüge. Sie haben Sofas mit geblümten Kissen, Tassen mit roten Punkten und ein Tier, das einem nachts auf die Nerven fällt, sich mit Vorliebe an seiner schwarzen Hose reibt, um Haare und Duft darauf zu hinterlassen, und jede Unterhaltung mit einem eifersüchtigen Blick verfolgt. Ja, solche Frauen kennt er. Marion hat also hoffentlich keine Katze!

5
Salade du chef

Oh Gott, was für eine Katastrophe: Da treffen sie sich heute zum ersten Mal – und haben einander nichts zu sagen!

Aber wieso? In all den Wochen vorher haben sie sich doch so viel voneinander erzählt, einander ihre Probleme offenbart, sie analysiert, Mail um Mail, haben im Rausch des Schreibens Woche um Woche ihr Inneres bloßgelegt. Ihre Geschichte ist wohl schneller vorangeschritten, als sie folgen konnten. Dabei ging zunächst alles ganz langsam vonstatten. Eine Annäherung mit Trippelschritten über Eis. Sie hatten Angst vor jedem Wort. Angst, nicht zu gefallen, den anderen abzuschrecken, vielleicht zu verletzen, man ist ja nicht ohne Grund im Internet unterwegs. Sie versteckten sich hinter ihren Bildschirmen, zwischen den Zeilen des Chats. Deshalb war jedes ihrer Online-Rendezvous entspannt gewesen. Das heute Abend ist es kein bisschen mehr.

An der Wahl des Restaurants liegt es nicht. Er ist zum ersten Mal hier, hat vor ihrer Verabredung aber Kritiken auf ›La Fourchette‹ gelesen. »Familiäre Atmosphäre und gutes, preisgünstiges Essen«: Genau so ist es. Gut, die Deko ist nicht sonderlich modern, auf den gerahmten Bildern an den Wänden sind Kühe zu sehen, der rote Samtvorhang an der Tür hat seine besten Tage schon hinter sich, und die Polster der Bank sind auch etwas abgenutzt. Die hat er im Übrigen ihr überlassen, weil er eine gewisse männliche Galanterie schätzt, auch wenn manche Frauen so was heutzutage nicht mehr gern sehen … verdammt, und wenn sie so eine war? Vielleicht hätte doch er die Bank nehmen sollen? Und außerdem: Hat er nicht neulich irgendwo gelesen, dass Risse im Kunstleder Laufmaschen verursachen? Sie trägt einen Rock! Mist, er hätte sich definitiv auf die Bank setzen sollen. Tja, dafür war es jetzt zu spät. Und er hatte ja auf keinen Fall mit ihr in eines dieser schicken, angesagten Restaurants gehen wollen, in denen der Ober besser gekleidet ist als man selbst und einen immer von oben herab behandelt. Hier hingegen macht die Bedienung einen netten Eindruck und der Barmann könnte sogar ein Kumpel von ihm sein. Außerdem geht es lebhaft zu. Hier sieht man einander an, prostet sich lächelnd zu, ja, man kann sogar lautstark diskutieren. Dazu muss man sich nur die Gruppe Männer ansehen, wahrscheinlich irgendwelche Handelsvertreter, wie ihre an den Schultern etwas zu breiten Anzüge vermuten lassen, die mit ihrem Chef hier sind. Sie unterhalten sich laut miteinander, sind völlig ungeniert. Und das ist gut so. Das ist die Realität. Und genau danach sucht er nach ihrem langen virtuellen Kennenlernen.

Sie rutscht ein wenig auf der Polsterbank hin und her. *Ich bin groß, habe dunkle Augen und kastanienbraune Haare*, so hatte er sich beschrieben. Die beiden ersten Details stimmen. Er ist aber auch etwas mollig, kurzsichtig – und eigentlich eher rothaarig. Sie verlagert ihr Gewicht von einer Pobacke auf die andere. Sie mag keine Polsterbänke. Darauf sinkt man immer so ein. Und zudem ist es schwierig, sich auf so einer Bank aufrecht hinzusetzen. Sie hätte besser den Stuhl wählen sollen. Kurz sieht sie ihn an, ehe sie schnell wieder zu den Wasserkaraffen auf dem Tresen schräg hinter ihnen schaut. Ja, er hat tatsächlich rötliche Haare, ganz besonders in diesem künstlichen Licht. Wenn er geschrieben hätte, dass er rothaarig, mollig und Brillenträger sei, hätte sie ihm dann noch weiter gemailt? Wäre sie dann heute Abend hier?

Er hat keinen Plan, wie er die Unterhaltung in Gang bringen soll. Sie ist sehr viel hübscher als auf dem Foto, das sie ihm geschickt hat. Sie hat ihn damit ins Aus gekickt, worüber er aber lieber nicht nachdenken will, er muss sich ja nicht schon von vornherein ins eigene Fleisch schneiden. Und sie wirkt auch viel fröhlicher, lebhafter und außerdem größer, als er sie sich vorgestellt hat. Sie ist tatsächlich richtig groß. Wahrscheinlich hat sie ihm das Foto ihres Personalausweises gemailt, da schaut man immer ernst. So hatte er nur ihr Gesicht gesehen und konnte ihr nach Belieben einen Körper verpassen. Darum hat er sie sich kleiner vorgestellt.

Die ist nicht aufs Verführen aus, diese junge Frau, hat er sich gesagt, als er das Foto bekommen hatte. Das unterschied sie von all denen, die ihm schon nach ein paar Mails ihre Titten gezeigt hatten. Es waren für gewöhnlich hübsche Brüste, dagegen gab es nichts einzuwenden, das war auch überhaupt nicht das Problem. Wenn sie sie zeigten, dann, weil sie stolz darauf waren. Allerdings ist er da eher *old school*, er möchte die Brüste einer Frau lieber selbst entdecken, statt sie so präsentiert zu bekommen. Ist er verklemmt? Ja vielleicht. Aber dazu steht er. Wichtig ist, sich selbst zu kennen.

Die Kellnerin bringt ihnen die Speisekarte. Sie ist hübsch. Okay, für seinen Geschmack sind ihre Haare etwas zu kurz. Er mag sie bei einer Frau lieber lang. Da ist er ziemlich konservativ. Ihm gefällt jedenfalls, dass sein Date lange Haare hat. Schon komisch, zwei Frauen so miteinander zu vergleichen, wie er das gerade tut. Vor allem beim ersten Treffen. Das muss aufhören, so was macht man nicht. Wenn sie das mitkriegt, hält sie ihn noch für einen dieser wählerischen Aufreißer! Obwohl, bei seinem Aussehen dürften ihr da ernsthafte Zweifel kommen.

Schnell beugt er sich über die Mappe aus Kunstleder. Ihn haben diese Speisekarten in den Restaurants immer schon erstaunt, die man ganz zeremoniell aufschlägt, wo doch alles auf ein Blatt Papier gepasst hätte. Aber gut, dass sie hier so eine haben, da kann er sich dahinter verstecken. Zeit schinden. Und so tun, als hätte er Ahnung und würde gewissenhaft wählen. Ah, sieh mal einer an, die Kellnerin hält die Karaffe, mit der sie die Gläser vollschenkt, in der linken Hand. Und sie, ist sie Links- oder Rechtshänderin? Das hat er sie in den Mails tatsächlich noch nicht gefragt …

Sie wird immer unruhiger: Sie spürt, wie sein Blick verstohlen über ihren Körper wandert. Wenn sie wegsieht, beugt er sich unbewusst vor, um sie aus nächster Nähe zu betrachten, ihre Hände, die Augen, den Mund. Ihre Augenwinkel hängen etwas, das weiß sie, es sieht traurig aus, wie bei einem Cocker Spaniel. Und ihre Lippen sind für ihn bestimmt nicht voll genug für leidenschaftliche Küsse. Und die Wangen zu rundlich. Ihre Stirn zu hoch. Sie greift nach dem Messer. Legt es umgehend wieder hin. Nicht dass er noch denkt, sie will ihm was Böses, das Messer ist eine ziemlich aggressive Geste, hoffentlich interpretiert er es nicht falsch, ansonsten war's das. Er findet sie jedenfalls nicht hübsch, so viel ist sicher. Und dann diese Frisur, die hält er garantiert für total daneben. Dabei ist sie dafür extra in einen schicken

Friseursalon gegangen. Sie tastet mit der Hand nach dem Dutt, um sich zu vergewissern, dass sich nicht zu viele Strähnen gelöst haben. Ein Haarknoten im *undone*-Look, hatte die junge Friseurin ihr vorgeschlagen, mit Strähnen, die kunstvoll herumgeschlungen werden und sich dann ganz schrecklich herauslösen. Wäre sie doch bloß zu ihrem üblichen Friseur gegangen, dann wäre sie jetzt wenigstens entspannter …

Oh Mann, vielleicht ist sie doch nur auf der Suche nach einer schnellen Nummer, und er geht hier irgendwelchen metaphysischen Fragen nach. So, wie sie gerade nach dem Messer gegriffen hat, will sie ihm damit womöglich etwas sagen …? Aber für eine schnelle Nummer hat sie in ihren Mails eigentlich schon viel zu viel von sich preisgegeben. So viel muss man nicht über den anderen wissen, um mit ihm in die Kiste zu springen und ein bisschen Spaß zu haben. Wobei, stimmt das überhaupt …? Vielleicht ist Sex immer besser mit jemandem, den man kennt …? Scheiße, Mann, genau das ist sein Problem: dass er immer so viel nachdenkt, sich immerzu Fragen stellt, statt einfach mal was zu wagen, sich ins Abenteuer zu stürzen. Das hatte Justine ihm oft genug vorgeworfen. »Mister Unentschlossen« hatte sie ihn genannt, ehe sie von heute auf morgen aus seinem Leben verschwand und dabei nicht einmal die Tür hinter sich zuknallte.

Ah, sie studiert jetzt auch die Speisekarte. Okay, das muss er sich eingestehen: Es wäre gut, wenn sie kein allzu teures Menü wählen würde, diesen Monat ist er nämlich ein bisschen knapp bei Kasse. Er hat sich zuvor im Internet schlaugemacht, das Tagesgericht kostet hier 15 Euro, das ist okay. Das Entrecôte liegt allerdings bei 25 Euro. Nun, sie wird ja wohl hoffentlich kein Entrecôte bestellen … oder doch? Na ja, so schlimm wäre das auch nicht, dann nimmt er eben keinen Nachtisch. Beim Wein darf er allerdings auch nicht geizig sein. Keinen Chablis, der ihr ein Loch in den Magen brennt, oder einen Côtes du Rhône, der einem den Schädel zermartert. Nein, am Wein wird definitiv nicht gespart. Trotzdem wird er einen offenen nehmen. Eine ganze Flasche ist nämlich nicht billig. Außerdem ist nicht gesagt, dass sie sie austrinken werden. Glasweise hat man sich besser unter Kontrolle. Er selbst hat nach zwei, allerhöchstens drei Gläsern genug. Und Frauen trinken sowieso immer weniger als Männer. Er wird also erst mal für jeden ein Glas Weißwein bestellen …

Hat die Frau im beigen Mantel ihre männliche Begleitung tatsächlich sitzengelassen? Vielleicht sollte sie es ihr gleichtun. Sie schweigen einander ohnehin nur an. Ganz so, als hätte sich ihr Vorrat an Worten bereits beim Chatten erschöpft. Ja, so wird es sein, sie haben die Neugier aufeinander bereits hinter sich gelassen. Die Vorzeichen für das Ende sind offensichtlich, schon jetzt, am Anfang, weshalb also erst noch auf Meinungsverschiedenheiten oder gemeinsamen Erlebnisse warten. Fakt ist: Sie wird wohl Single bleiben. Wie schon seit zwei Jahren. Das ist ihr Fluch. Sie wird enden wie dieser arme alte Mann vor seinem Entrecôte. Beziehungsweise seinen Entrecôtes, es stehen nämlich zwei Teller vor ihm. Wie er wird sie sich vollstopfen, um die innere Leere zu füllen.

Sie und er sehen jedenfalls nicht so aus, als würde aus ihnen ein Paar werden. Die beiden Alten dort hinten hingegen … na ja, was heißt schon alt, so um die fünfzig eben …, bei denen sieht man jedenfalls, dass sie zusammengehören. Sie sehen einander sogar irgendwie ähnlich. Und sein maßgeschneidertes Jackett passt zudem perfekt zu ihrer Weste.

Zwischen Liebenden gibt es ja oft eine gewisse Symmetrie. Ihr Date und sie dagegen sind einander viel zu unähnlich. Was könnten sie überhaupt gemeinsam haben? Ihr Gesicht ist rund, seines kantig. Sie hat helle Augen, er dunkle. Sie ist blond, er rothaarig. Und überhaupt dieses Rot, ob sie das jemals lieben könnte? Oder seine milchige Haut? Und die vielen Sommersprossen auf der Nase? Rothaarige sind ja irgendwie ungewöhnlich … Er ist auch ungewöhnlich … Na toll, Süße, mit solchen Vorurteilen wirst du weit kommen …

Hm, sie sollten vielleicht einfach über Literatur sprechen. Wenn er sich richtig erinnert – und um ehrlich zu sein, erinnert er sich an jedes Wort, das sie ihm geschrieben hat –, dann mag sie Proust, Céline und Flaubert ... Option Nummer eins: ein Gespräch über einen nicht ganz so beachteten Autor anfangen ... André Gide? Nein ... Roger Nimier? Schon besser. Der war verwegener, mutiger. Option Nummer zwei: Er könnte ihre drei Lieblingsautoren niedermachen und so ihren Widerspruch schüren. Allerdings besteht dabei die Gefahr, dass er damit ihren Zorn entfacht. Dann besser Option Nummer drei: Er würdigt nur einen der drei herab ... Hm, das ist gefährlich, sehr gefährlich, geradezu ein Minenfeld. Soll er behaupten, dass Flaubert Proust an Bedeutung überragt? Letzteren hat er überhaupt nicht gelesen, das würde sie schnell herausfinden ... Na ja, alle reden über Bücher, die sie nicht gelesen haben ... Aber eine Beziehung anfangen, beziehungsweise eine Beziehung auf einer Lüge aufbauen, also nein, das gefällt ihm ganz und gar nicht ...

Unschlüssig sieht er zu dem Paar, das neben ihnen sitzt. Die beiden verschlingen einander mit Blicken. Bestimmt haben sie noch vor dem Restaurantbesuch miteinander geschlafen, man sieht es ihnen regelrecht an. Wahrscheinlich füßeln sie unterm Tisch miteinander. Wenn er seine Serviette fallen lässt und sich nach ihr bückt, wird er es sicher sehen ... Ta-daa, er liegt richtig! Sie hat sogar den Schuh ausgezogen und fährt mit ihrem Fuß über den Knöchel ihres Geliebten. Ziemlich heiß, die Braut. Und er wagt es nicht einmal, über Literatur zu sprechen!

Gemeinsames Schweigen. Es ist fast so berührend wie das Gedicht von Christian Bobin. Obwohl … nein, eigentlich erdrückt sie das Schweigen. Sie beide sind weit entfernt von Bobins stillschweigendem Austausch, angefüllt mit unausgesprochenen Worten, von dem perfekten Verstehen, das über die Sprache hinausgeht. Sie beide haben einander einfach nichts zu sagen! Wenn sich ihre Blicke kreuzen, lächeln sie nur verlegen und sehen schnell wieder woanders hin. Wie zwei Liebende desselben Pols, die, wenn sie sich einander annähern, notgedrungen voreinander fliehen … Ja, das Weite zu suchen wie diese Frau im beigen Mantel, scheint wirklich die einzige Lösung zu sein. Sie sollte dieser Marter endlich ein Ende setzen. Letztendlich kann man sich im virtuellen Austausch perfekt verstehen, und im echten Leben klappt es trotzdem nicht. Sie waren im Online-Universum aufeinander zugeflogen, und nun war jeder an der Mauer des anderen abgeprallt, wie ein verletzter Vogel benommen nach unten gerutscht. Sie sollte sich besser nur noch auf dem Internetmarktplatz tummeln. Passt das Produkt nicht, das man dort in seinen Warenkorb gelegt hat, schickt man es ohne Bedenken wieder zurück. So einfach ist das. Man spürt nicht gleich Zuneigung? Voilà, der Nächste bitte … Nicht zu fassen, in welch unnützen Sentimentalitäten sie sich immer verstrickt … Und doch … er *hat* dieses gewisse Etwas: So sehr kann sie sich doch gar nicht getäuscht haben! Ja, er hat es, so viel ist sicher. In seinen E-Mails war er lustig, geistreich, und keiner seiner Witze war peinlich. Er ist auch keiner von den Typen, die sich verdrücken, sobald man Proust auch nur erwähnt, und einen meiden wie der Teufel das Weihwasser, weil man ihnen offenbart hat, dass man gerne liest, ins Theater und manchmal auch in die Oper geht. Also, was jetzt? … Einer von ihnen müsste nur dieses Schweigen überwinden … zu reden anfangen, egal worüber, und der Abend wäre gerettet … Aber … nein, das macht er jetzt nicht wirklich?! Der Trick mit der Serviette, sie kann es kaum glauben: Er begutachtet ihre Beine! Unter dem Tisch, einfach so, als wäre nichts dabei! Sie sollte wirklich aufstehen und gehen wie die Frau im beigen Mantel. Obwohl … es ist nicht dasselbe. Die Arme hat wirklich allen Grund gehabt, den Typen sitzenzulassen, denn er hat sie angeschnauzt wie einen Hund. Selbst sie, die sie ein paar Tische weiter weg saß,, hat seine Geringschätzung gespürt. Dagegen kann sie von Glück reden, ihr Date ist nämlich eigentlich ganz süß. Und den Mädchen heimlich unter den Rock zu sehen … das ist doch so alt wie die Menschheit. Im Grunde genommen ist es sogar ganz rührend. Das hat nichts gemein mit diesem herablassenden, lähmenden »Du bist eine einzige Blamage!«

Was, wenn er sie berührt, sanft über ihre Hand streicht? Ja, er sollte zur Körpersprache wechseln, wenn ihm schon die Worte fehlen. Irgendwas muss er tun, solange ihre Münder wie gelähmt sind. Das hier ist der Moment, mach schon, los, trau dich! Du kannst das! Unvermittelt nimmt er all seinen Mut zusammen, ergreift ihre Hand, oh Mann, das ist weitaus schlimmer als in einen Abgrund zu springen – und … sie zieht ihre nicht weg! Ein erleichterter Seufzer steigt in ihm auf, den er schnell zu kaschieren versucht, indem er sich eine rebellische Strähne aus der Stirn pustet.

Ganz vorsichtig streift er mit seinen Fingern über ihre … Hm, was ist das? Ihre Nägel sind so kurz, kaut sie sie etwa ab? Ach, dann ist sie doch nicht so gelassen, wie sie vorgibt. Sehr gut, aalglatte Menschen ohne irgendeine Neurose oder Angst sind nämlich gar nicht sein Ding. Zu viel Angst kann allerdings auch anstrengend sein … Stopp, seine Gedanken überschlagen sich schon wieder … Ihre Hand ist trocken, zeigt aber keinerlei Regung. Kein Finger streichelt seine Haut, um deren Sanftheit zu erkunden, tastet sich voran, macht sich bemerkbar. Ist ihre Hand überhaupt nicht neugierig auf seine? Ist sie nicht an ihm interessiert? Ist die Anziehung nicht gegenseitig? Fragen, die nur sie beantworten kann. Er kann nur weiter diese Hand zartfühlend erkunden, um eine Antwort zu bekommen.

Okay, er hat also ihre Hand genommen, es geht voran. Und damit steht fest: Sie bleibt. Doch wie jetzt weiter? Sie hätte sich einen Spickzettel mit Gesprächsthemen für dieses erste Rendezvous machen sollen und nicht ihr ganzes Pulver schon im Vorfeld verschießen, wie man so schön sagt. Das ist wieder mal typisch für sie. Jetzt sitzen sie auf dem Trockenen. Haben nichts in der Hinterhand. Sind nur verbunden durch wenige Zentimeter Hautkontakt. Seine Hand liegt auf ihrer, beschützt sie. Das gefällt ihr sehr. Sie wagt es nicht, sie zu bewegen.

Delphine. Der Vorname passt so gar nicht zu ihr. Er weiß auch nicht, aber wenn er sie so betrachtet, dann wirkt sie auf ihn mehr wie eine Anne. Feminin, klassisch elegant, schön, einfach und alterslos. Ja, Anne, das passt zu ihr. Dagegen Delphine, die »im Wasser geborene«: Sie hat doch so gar nichts von einem Fisch! ... Aber halt, was hat ihn denn jetzt gepackt? Er kann nicht an dieser Hand andocken und sich daran festhalten. Mit der anderen Hand blättert sie jetzt eine Seite in der Speisekarte um. Er verfolgt, wohin ihr Blick wandert. *Shit*, ihre Augen gehen nach unten zu den teuren Gerichten! Er ist nicht mittellos oder so, das nicht. Er hat ein gutes Gehalt als Lehrer. Doch sobald er die Miete für sein Apartment und das seiner alleinstehenden Mutter überwiesen, sämtliche Rechnungen bezahlt und den Kühlschrank gefüllt hat, bleibt einfach nicht mehr viel übrig.

Er schämt sich. Er weiß, dass Männer, die finanziell nicht gut gestellt sind, für manche Frauen unattraktiv sind. Geld und Macht sind Attribute der Männlichkeit. Er aber ist nicht nur finanzschwach, auch seine Haare werden schon lichter … Stopp, er muss sich entspannen. Soll sie sich doch aussuchen, was sie essen will. Geld darf heute Abend keine Rolle spielen. Darum kann er sich später noch Sorgen machen. Falls nötig, gibt er eben ein paar Nachhilfestunden.

»Guten Abend. Haben Sie schon gewählt?«
Schweigen.
»Brauchen Sie noch fünf Minuten?«
Schweigen.
»Soll ich Ihnen vielleicht schon etwas zu trinken bringen?«
Schweigen.
»Ähm … ja! Zwei Gläser Sancerre, bitte. Sie … du trinkst doch Sancerre?«
Die junge Frau nickt.
»Dann hätten wir also gerne zwei Gläser Sancerre, Mademoiselle.«

Er hat eine schöne Stimme. Sanft, zärtlich, gleichzeitig aber auch entschieden. Sie könnte ihm stundenlang zuhören. Eine Stimme kann ganz schön erotisch sein. Sie kann umgarnen, einen tief bewegen, sogar erregen. Aber davon sind sie beide noch weit entfernt ... immer schön langsam mit den jungen Pferden, Delphine ... Außerdem scheint er gut erzogen und respektvoll zu sein. Die Geschichte mit der Serviette unter dem Tisch hat ihr zwar etwas Angst gemacht, aber da hat sie sich bestimmt getäuscht. Es hat ihr jedenfalls gefallen, wie er gesagt hat: *Zwei Gläser Sancerre, Mademoiselle.* Das »Mademoiselle« war etwas altmodisch, aber hübsch. Würde er es auch zu ihr sagen, nachdem sie miteinander geschlafen haben? *Das war toll, vielen Dank, Mademoiselle. Können wir bitte noch mal von vorn anfangen?* Sie beißt sich auf die Lippen, um nicht loszuprusten.

Die Kellnerin bringt ihnen den Wein. Sie bestellen das Essen. Er einen Chefsalat, sie Lachstatar. Sie stoßen nicht an und sehen sich auch nicht in die Augen, sondern nehmen gleich einen Schluck. Er hat tatsächlich einen Salat bestellt. Was soll man von einem Mann halten, der einen Salat wählt? Ist er auf Diät? Ist er etwa ein Mann, der auf sein Gewicht achtet? Und morgens lange im Bad braucht? Benutzt er Feuchtigkeitscreme? Und wenn das für seine Linie galt, galt das dann auch für ihre? *Schatz, hast du ein bisschen zugenommen?* Sie zieht Männer vor, die Entrecôtes lieben, wie der alte, alleinstehende Herr da drüben. Männer, die Fleisch auf dem Speiseplan stehen haben. Aber, Delphine, wir leben doch nicht mehr in der Steinzeit! Warum nicht gleich ein Kerl mit Mammut und Feuerstein, wenn du schon dabei bist! Ja schon, aber gleich Salat?! Na ja, vielleicht hat er ja vor, einen kalorienreichen Nachtisch zu nehmen. Vielleicht ist er ja ein Süßer, wie ihre Großmutter zu sagen pflegte. Ja, bestimmt nimmt er die mit geschmolzener Schokolade überzogenen Profiteroles oder eine Blätterteigpastete. Er ist ganz sicher ein Feinschmecker, ein Mann, der das Leben liebt und es zu genießen weiß. Kein Vernunftmensch, sondern ein Lebemann, ein Genießer. Auf einen Genießer würde sie sich gern einlassen.

Sie hat also *tartare de saumon* bestellt. Wenn er sich recht erinnert, müsste das Gericht bei etwa 18 Euro liegen. Er sollte noch mal um die Karte bitten, um sich zu vergewissern, er kann ja so tun, als wollte er doch etwas anderes wählen … stopp, nein, das wird er nicht tun, er muss sich entspannen. Lachstatar also. Roher Fisch beim ersten Date, das ist wagemutig. Hör auf, alles zu interpretieren, Thibault … Wahrscheinlich hat das was mit ihrem Namen zu tun … in jedem Fall hat sie etwas Raubtierhaftes. Dagegen ist er mit seinem Salat geradezu lächerlich. Er hat als Erster bestellt und gedacht, sie würde es ihm gleichtun. Frauen nehmen doch immer Salat im Restaurant, oder etwa nicht? Tja, das hat er nun von seinen bescheuerten Vorurteilen. Sie hat das gewählt, worauf sie Lust hat, und er hätte es genauso machen sollen. In zwei Stunden wird er wieder hungrig sein, wenn das zwischen ihnen etwas konkreter wird, das heißt, sollte es dazu kommen, sicher ist das ja noch nicht. Der erste Kuss mit unüberhörbarem Magenknurren, dazu übel riechender Atem, denn wenn man hungrig ist, hat man Mundgeruch. Super, Thibault, das hast du echt großartig gemacht!

Aber was soll's, solange sie noch nicht weiter sind, kann er sich vorstellen, was immer er will … Und wenn er schon mal dabei ist: Wie es wohl im Bett wird? Passt es da zwischen ihnen? Oh Mann, das hängt von so vielen Dingen ab … Es gibt Körper, die perfekt miteinander harmonieren, obwohl die Partner vom Wesen her gänzlich verschieden ist. Oder andersrum. Geht auch beides? Dass Körper und Geist von beiden zusammenpassen wie miteinander kommunizierende Gefäße? Sie verstehen sich sehr gut, also zumindest, wenn sie sich schreiben. Ihr Verstand und ihr Herz haben wirklich so manches gemein.

»S-sag mal, gehst du gern angeln?«

Uff, endlich, der erste Satz …

6

»Geht es voran an Tisch 2?«, fragt Cyril, während er zwei Gläser Sancerre einschenkt.

»Hm, irgendwie habe ich nicht den Eindruck ... Sie reden nicht gerade viel miteinander. Sie wissen noch nicht einmal, ob sie einander duzen oder siezen sollen. Und ich musste dreimal nachfragen, ehe er den Mund aufgemacht und Sancerre bestellt hat.«

»Manchmal kommt man vielleicht auch ohne viele Worte voran ...«

Er jedenfalls hofft es für die beiden. Und für sich selbst natürlich auch; schließlich bemüht er sich nun schon seit zwei Monaten darum, dass sich sein vorsichtiges Flirten langsam und unbewusst einen Weg in Marions Innerstes bahnt.

An manchen Abenden kommt ihr nämlich kein persönliches Wort über die Lippen. Nicht einmal ein »Guten Abend« fällt, wenn sie im Restaurant eintrifft. Und so, wie sie im Hinterhof ihr Fahrrad gegen die Mauer knallt – besser gesagt, gegen *sein* Rad –, ahnt er, dass sie stinkwütend ist und sich nur schwer beherrschen kann. Vielleicht sollte er irgendwann mal beiläufig erwähnen, dass er sein Rad liebt und viele Stunden daran herumschraubt und es sorgfältig pflegt. Es ist nämlich ein Geschenk von seinem Vater, ein hellgrünes Peugeot mit verkehrt herum montiertem Lenker, Ledersattel, dazu Lederriemen an den Pedalen, um die Füße zu fixieren, eine Klingel mit unnachahmlichem Ton, wirklich ein echtes Schmuckstück, das sie da unwissentlich misshandelt. Cyril hängt nicht an vielen Dingen im Leben, aber an diesem Rad schon.

Neben dem Scheppern der beiden Räder sind ihre Schritte noch der zweite Hinweis für ihn. Wenn sie geräuschvoll durch den Flur stampft und ihr Gesicht schließlich im Lagerraum erscheint, verschlossen, eine tiefe Furche zwischen den Augen, die ganz eindeutig die Gute-Laune-Tage von den anderen trennt, ist es die letzte Bestätigung dessen, was er bereits geahnt hat: Etwas lastet Mademoiselle schwer auf der Seele, und sie hat an diesem Tag die Nase schon gestrichen voll. An solchen Abenden ist es zwecklos, mit ihr reden zu wollen. Oder sich auch nur an einem Scherz zu versuchen, der die Furche auf ihrer Stirn etwas glätten könnte. Was auch immer Cyril zum Besten gibt, alles wird einzig und allein mit einem Hochziehen der Augenbrauen quittiert. O ja, sie kann ganz schön unnahbar sein.

Diese schlechte Laune hält drei Tage an. Genau drei Tage, jedes Mal. Danach kann er sich wieder ganz normal mit ihr unterhalten. Da ansetzen, wo sie aufgehört hatten. Aber auch wenn sie sich wieder beruhigt hat, so bleibt sie doch immer wachsam. Als hätte sie ein ständig eingeschaltetes Warnsystem, das von der kleinsten falschen Bewegung ausgelöst werden kann. Jedes Mal, wenn der rote Samtvorhang am Eingang aufschwingt, blickt sie schnell hin, es ist wie ein Pawlow'scher Reflex. Und wird ein Gast lauter, erzählt mit dröhnender Stimme einen Witz, schiebt seinen Stuhl ungestüm zurück und verlässt polternd den Tisch, taucht sofort wieder die sorgenvolle Falte auf ihrer Stirn auf.

Erst neulich hatten sich zwei Gäste kurz vor Feierabend geprügelt. Weder er noch Marion hatten es kommen sehen, beide waren sie viel zu beschäftigt gewesen. Ein falsch verstandener Scherz, eine Beleidigung als Retourkutsche, ein Glas ins Gesicht geschüttet, eine Hand, die den anderen am Kragen packt, und schon waren die beiden Männer ineinander verkeilt. Marion flüchtete sich augenblicklich zu Ali in die Küche. Nachdem Cyril die Streithähne hinauskomplimentiert hatte, fand er sie dort zusammengekauert, die Hände auf die Ohren gepresst, und nur mit großer Mühe konnte er sie zurück in den Gastraum bugsieren. Es musste ihr im Leben etwas Schlimmes widerfahren sein. Etwas Brutales, das sie so auf der Hut sein lässt ...

»Oh, schau, er hat ihre Hand genommen!«, ruft Marion mit der übersprudelnden Freude eines Kindes –

und presst sich sofort die Hand auf den Mund: Sie war viel zu laut.

Cyril lächelt gerührt. Wie schön, dass sie sich so für andere freuen kann. Sie muss ein großes Herz haben. Und das ist wichtig. Selbst wenn das Trauma, das er mutmaßt, dazu hätte führen können, so dreht sich bei ihr also nicht alles nur um die eigene Befindlichkeit. Das Glück der anderen stellt das eigene nicht in den Schatten, es ruft es vielmehr herbei, nährt es.

»Oh, ja, du hast recht. Er hat sich ein Herz gefasst, wie süß«, sagt er und reicht ihr die Gläser.

Marion zieht die Augenbrauen hoch.

»*Süß?*«

»Ja. Na ja … also … das ist vielleicht nicht das passende Wort … Er … er springt sie nicht gleich an, meine ich. Das … das wollte ich damit sagen.«

»Hm, also ich fand dein *süß* … süß.«

Sprach's und macht sich mit ihrem Tablett zu den Tischen davon.

Verblüfft sieht Cyril ihr nach und rauft sich die Haare. Mannomann, sie ist echt kompliziert. Bei ihr muss er wirklich auf jedes Wort achten, wie er es sagt, in welchem Tonfall und in welchem Moment. Und liegt er schief, ist sie im Nullkommanichts auf hundertachtzig. Kein Vorglühen wie bei einem Diesel. Sie gehört wahrscheinlich zu der Sorte Frau, die einem aus heiterem Himmel eine Szene macht. Oder einen, aus einer plötzlichen Anwandlung heraus, irgendwo in der Öffentlichkeit sitzen lässt. O Mann, das zwischen ihm und ihr wird sicher nie etwas. Er sieht den Schlamassel schon auf sich zukommen. Scheiße, sie macht ihn echt fertig. Noch nie ist es ihm so schwergefallen, eine Frau für sich zu gewinnen. Für gewöhnlich reicht ein Lächeln, seine Gewandtheit hinter der Theke, ein paar herumwirbelnde Gläser und Flaschen, eine kleine Darbietung à la Tom Cruise in ›Cocktail‹ (ja, er weiß, die Szene war total kitschig, aber trotzdem bleibt das eine Referenz), ein gut platziertes Kompliment, ein anregender Plausch und schon hat er die Frau an der Angel, und hopp, eine Sache führt zur nächsten, und sie landen irgendwann im Bett. Natürlich nicht immer, er macht dem Typen aus Bordeaux am Fenstertisch sicher keine Konkurrenz, aber hin und wieder ist das doch schon passiert. Mit Marion dagegen, da stolpert er von Beginn an nur voran. Da ergibt sich nichts einfach so. Ihr Herz zu erobern ist richtig harte Arbeit.

Cyril zapft sich ein kleines Bier. Die kühle Flüssigkeit rinnt seine Kehle hinunter, während er sich innerlich Mut zuspricht: *Komm schon, Cyril, dann eben von einem Fettnäpfchen zum nächsten, nur nicht aufgeben, du wirst ihre Mauern schon irgendwann niederreißen. Irgendwann wirst auch du mit ihr Händchen halten!*

Tief atmet er durch und entkorkt dann eine Flasche Wein für Tisch 4. Die Bestellung wird sicher nicht auf sich warten lassen, schließlich kennt er den Typen aus Bordeaux in- und auswendig. Für ihn muss es selbstverständlich auch ein Wein aus Bordeaux sein. Ein 2005er Pomerol. Er macht sie alle mit demselben schweren Rotwein betrunken. Woche für Woche.

7
Lapin aux pruneaux

Warum kriege ich das nicht hin? Irgendwie drehen wir uns ein ums andere Mal im Kreis: Vorwürfe, Tränen, Versöhnung, Vorwürfe, Tränen, Versöhnung, ein unabänderlicher Tanz, schon tausend Mal durchexerziert. *Ich liebe dich. Ich dich aber nicht mehr.* Dann: zehn Tage Funkstille. Ohne einen Anruf, eine Nachricht, irgendein Wort von dir. Dein Schweigen erkläre ich mir mit Tête-à-Têtes mit irgendwelchen Schlampen. Die nur in meiner Fantasie existieren würden, wie du hinterher immer mit einem herablassenden Lächeln betonst, aufgrund meines geringen Selbstwertgefühls. Was ich nicht leugnen kann. Aber wie soll ich auch nur ansatzweise so etwas wie Selbstwert empfinden? Ich, eine Teilzeitgeliebte, die jeden zweiten Monat Single wird, begehrt, verlassen, erneut begehrt?

Heute Morgen hast du endlich wieder von dir hören lassen. Und jetzt bist du hier. So attraktiv und selbstsicher wie eh und je.

Eine Textnachricht mit einem »Heute Abend?« hat

gereicht, damit ich angerannt komme. Keine Ahnung, weshalb du überhaupt noch ein Fragezeichen setzt. Du weißt, dass ich komme. Schlimmer noch: dass ich für dich allzeit verfügbar bin. Immerhin habe ich es heute geschafft, eine Stunde zu warten, ehe ich dir geantwortet habe. Olala, was für ein Fortschritt, Mademoiselle, bravo!

Ein Abend in diesem, unserem Restaurant ist wie ein Spiegelbild unserer Beziehung: erst lebhaftes, buntes Treiben, um ein Uhr nachts dann Stille und ein trostloser Gastraum; erst ein appetitliches Menü, und zurück bleiben leere Teller mit Speiseresten, die in den Müll wandern; köstliche Weine und danach Katerstimmung; Vertraulichkeiten, Intimität und darauf Distanz und das Bedauern, zu viel preisgegeben zu haben.

Was braucht es, damit ich endlich aufgebe? Damit du endgültig aus meinem Leben verschwindest? Fast fiebere ich diesem Moment entgegen. Und zugleich klammere ich mich noch an die Momente, die du mir schenkst. Und versuche, mich damit zu begnügen. Manche Frauen haben schließlich nicht einmal das: diese kleinen Lichtblicke, diese Ausgelassenheit, diesen plötzlichen Lebensgenuss in einem sonst langweiligen Alltag, in dem unser Strahlen langsam verblasst, die Haut welk wird und die Verbitterung Einzug hält. Du hast mir nichts anderes zu bieten als diese funkelnden, gestohlenen Stunden, das hast du mir von Anfang an erklärt. Ganz offen. Ich war also vorgewarnt. Allerdings glaubte ich damals noch, dich ändern zu können. Wie anmaßend von mir. Und wie bescheuert. Wieso solltest du ein anderer werden, wo du mir doch so, wie du bist, gefallen und mich verführt hast?

Mein Denken ist ein einziger Teufelskreis. Denn es stimmt natürlich: Du brauchst mich nicht. Du genügst dir selbst, agierst wohlüberlegt und planvoll, bewahrst stets einen kühlen Kopf. Ich hingegen presche vor, stoße mich, laufe in die Irre. Ich schreie, trenne mich – und komme doch wieder angekrochen, während du von Anfang an genau dosierst, wie viel du gibst und was du für dich behältst. Auf mehr kann ich keinen Anspruch erheben.

Ich sitze in der Falle. *Du bist die Kirsche auf meinem Kuchen*, sagst du oft schmeichelnd zu mir. Tja, mit Kirsche sieht dein Kuchen vielleicht besser, hübscher aus. Aber gut schmecken tut er dir auch ohne.

Und oft folgt dann darauf dein Lieblingssatz: *Nie bist du zufrieden!* Das Klischee der weiblichen Unzufriedenheit trägst du gern wie eine Standarte vor dir her. Du hast immer Madame Bovary in der Hinterhand. Immer wolle ich mehr, etwas anderes, nicht dies, nicht das, nie sei mir gut genug, was du mir bieten würdest.

Wahrscheinlich hast du recht. Bis auf das letzte gemeinsame Wochenende am Meer: Das war wunderschön, um nicht zu sagen perfekt. Du hast dich sogar zu ein paar Vertraulichkeiten hinreißen lassen und von der Zukunft gesprochen. Von diesem Sommer.

Ich habe mich auf deine Worte gestürzt wie ein Hund auf einen Knochen. Also habe ich noch ein paar Monate Verschnaufpause, denn du hast mich dazu auserkoren, noch eine weitere Saison Teil deines Drehbuchs zu sein. Ich darf dich nur nicht drängen. Denn das würde erneut Verbannung aus deinem Leben bedeuten. Jeder meiner Wünsche wird nämlich mit einer mehrwöchigen Funkstille quittiert. Ein zärtliches Wort: zehn Tage Einsamkeit. Ein Versprechen: zwanzig Tage. Schimpfen, Vorwürfe machen, wettern, schreien: mehrere Wochen. Und hebst du danach die Ächtung auf, komme ich angerannt, katzbuckle und springe mit dir in die Kiste, ohne jegliche weitere Forderung oder irgendwas anderes zu wagen. Und dieser Kreislauf jährt sich heute, am 18. Juni, zum siebten Mal.

Du bist viel zu emotional. Auch das ein oft gehörter Satz von dir. Ja natürlich. Denn ich habe ein Herz. Und ich liebe dich. Die Zeit ohne dich tut mir weh. Deine Gleichgültigkeit bringt mich um. Dich zu sehen ist für mich hingegen reine Freude. Und ich bin eifersüchtig auf alle Frauen, die dich umschwirren und mit denen du dich triffst. Kurzum: Selbstverständlich bin ich emotional. Sogar viel zu sehr in Bezug auf dich. Verglichen mit null Gefühl sind nämlich schon zwei Gramm wahnsinnig viel …

»Und? Worauf hast du Lust, mein Schatz? Ein Salat für dich, ein Entrecôte für mich, so wie immer?«

Ja, genau. Oder was anderes. Das ist mir egal. Hauptsache irgendetwas Leichtes, um mein Gewicht zu halten. Um dich zu behalten. Denn die Konkurrenz ist groß: Ihretwegen esse ich vor allem Obst und Gemüse, während du wie immer Fleisch wählen wirst, schließlich bist du das Raubtier, der Jäger und die ganze dazugehörige Mythologie. Um dich und dein Verhalten zu beschreiben, braucht es nicht viel Fantasie.

Nach dem Essen wirst du bezahlen, und wir werden zu Fuß zu mir gehen, wie immer hast du dieses Restaurant bei mir in der Nähe gewählt. Wir sind nur selten in deiner Raubtierhöhle, denn dort könnte ich ja die Relikte der anderen finden, und das wäre dir peinlich. Wir werden Hand in Hand durch Paris laufen, unter einer Laterne wirst du stehen bleiben, um mich zu küssen, und sobald wir bei mir sind, werden wir uns in meinem Schlafzimmer lieben.

Bis dahin verläuft unser Rendezvous immer gleich. Damit hört meine Vorausschau allerdings auf. Denn der Sex mit dir ist immer anders, immer überraschend. Darin bist du gut. Es gibt keinerlei Routine, kein *damit fängt es an, dann macht er das, und so kommen wir zum Höhepunkt*, wie bei den meisten Männern: Erst küssen sie dich auf den Mund, dann mit Zunge, sie streicheln deine Haare, den Rücken, die Brüste, danach Knie,

Oberschenkel, Geschlecht, und dann legt Monsieur dich flach, rein, raus, kurz bekommt Madame noch das Zepter in die Hand, und das war's, zwei Minuten jede Seite, wie bei einem kurz gebratenen Stück Filet. Ein klassisches Menü. Die besten Lover fügen höchstens noch ein paar Gewürze hinzu, die auf Oralsex und Gymnastik basieren, mehr aber auch nicht.

Nicht so bei dir, und damit hast du mich. Ganz und gar. Und das weißt du. Niemals sollte man die Macht eines Mannes unterschätzen, der gut im Bett ist. Denn solche Männer sind rar gesät. Damit unterscheidest du dich von der Masse der Stümper, der Plumpen und, schlimmer noch, der Selbstsicheren, die glauben, verstanden zu haben, wie eine Frau »tickt«, obwohl sie, aus Eitelkeit heraus, dich weder gefragt haben, was dir gefällt, noch deine Reaktionen beobachtet oder ab und an Neues ausprobiert haben. Nein, sie wissen ja Bescheid. Und wenn es der Partnerin nicht behagt, so ist sie diejenige, die ein Problem hat.

Du hingegen, höchst unerwartet, achtest auf mich, versuchst Neues, lernst dazu, und das Ergebnis raubt mir stets den Atem. Tatsächlich ist das sehr überraschend, dieses Verlangen zu entdecken und zu lernen. Überraschend, weil du ansonsten immer nur kommandierst und gern manipulierst. Ich glaube, das gefällt dir einfach. Denn eine Frau wirklich befriedigen zu können, bedeutet, sie zu beherrschen. Sex ist für dich eine Art

Wettbewerb. Jede Frau ist anders, aber alle sind wir entzifferbar, denkst du wahrscheinlich, wenn Mann sich nur ein bisschen Mühe gibt.

Wie viele hast du dadurch an der Angel? Ich lebe schließlich nicht hinter dem Mond. Es gibt einen Haufen andere. Ihre Kontaktdaten, teils auch Fotos, habe ich in deinem Handy entdeckt. Schnüffeln ist zwar nicht in Ordnung, aber das ist mir egal.

Es sind ein paar Hübsche dabei. Heißblütige. Deren Nachrichten ganz unmissverständlich sind. Die Lust auf dich haben und dir das auch unverblümt mitteilen. Einmal habe ich versucht, es ihnen gleichzutun. Einen Abend lang die Kesse zu spielen. Ich hatte einiges getrunken, das hat mir geholfen. »Was soll das?«, hast du mich umgehend angeblafft. »Was stimmt nicht mit dir?« Damit war klar, ich habe in dieser Kategorie nichts zu suchen: Du brauchst Auswahl für all deine Geschmäcker und Launen. Ich bin wahrscheinlich mit dem Stempel »brav, bürgerlich und zaghaft« versehen, was für dich bestimmt auch aufregend ist, ohne Frage. Wir bedienen eine ganze Bandbreite unterschiedlichster Vergnügungen. Ein repräsentatives Panel.

Was kann ich den anderen entgegensetzen? Worin übertreffe ich sie? In nichts. Mal abgesehen von der langen Zeit an deiner Seite. Und meiner Fügsamkeit. Darauf zähle ich. Die Neuen bekommen bestimmt einen Anfall, wenn sie herausfinden, dass du sie hintergehst.

Ich dagegen akzeptiere es einfach, tue so, als wüsste ich nichts von den anderen, halte durch – und bleibe. Du bist kein Mann, der Treue verspricht. Wer würde das von dir verlangen? Oder es dir abnötigen, vielleicht sogar mit einem Kind? Ich muss gestehen, auch ich habe darüber nachgedacht. Doch letztlich habe ich die Idee wieder verworfen. Dadurch würden zwei Menschen unglücklich. Lieber bin ich mit dieser emotionalen Bedürftigkeit allein.

»Du bist heute Abend ganz besonders hübsch, mein Schatz.«

Sanft streichelst du meine Hand, die auf der makellosen Tischdecke liegt. Du hast keine Scheu vor Koseworten. Glaubst du wirklich, dass du mich ausreichend wertschätzt, um dieses Wort benutzen zu können? Umsorgst du mich, achtest du auf mich wie auf einen Schatz?

Ich bin mir sicher, dass du dasselbe auch zu den anderen sagst. Im selben süßlichen Tonfall. »Schatz« passt für alle, es hebt nichts und niemanden hervor. Ein »Zoé, chérie« hingegen – das wäre zum Beispiel nur für mich. Aber du stehst über dieser Art Kosenamen. Vor langer Zeit habe ich es einmal gewagt, dich danach zu fragen. Mir würde er gut gefallen. Außerdem könntest du ihn für keine andere verwenden, nur für mich. Es sei denn, es gibt noch eine andere Zoé. Ich hoffe jedoch, ich bin die Einzige.

Von außen betrachtet ist alles einwandfrei. Oh, er ist

richtig toll, mein Charles. So nett. Und aufmerksam. Ich kann mich wirklich glücklich schätzen. Er macht mir so viele Geschenke, und auch noch so schöne: Louboutin-Schuhe, Dessous, Handtaschen, Reisen ... ja, Zoé, du kannst von Glück sagen, einen Freund zu haben, denn in deinem Alter – immerhin bist du schon über 35 –, da gibt es in Paris unheimlich viele Singlefrauen, wirklich, die Statistiken lügen nicht. Sieh doch nur zum Nebentisch. Das ist nämlich die Regel, meine Liebe: ein junges Ding mit einem reifen Mann. Sie suchen sich immer eine, die deutlich jünger ist als sie, damit sie die Oberhand behalten. Und sie finden auch immer eine. Daher darfst du, die du das Verfallsdatum schon längst überschritten hast, nicht wählerisch sein. Die Falten in deinen Augenwinkeln täuschen keinen mehr.

Ja, es stimmt schon, er liest einem jeden Wunsch von den Augen ab, zeigt sich von seiner perfekten Seite – wenn er Zuschauer hat. Als müsste er alle Aufgaben erledigen, wie bei einer Prüfung. Lauschen, was sie erzählt. Häkchen dran. Ihr Komplimente machen. Sie ins Restaurant einladen. Ihr die Tür aufhalten. Sie zum Orgasmus bringen: Häkchen dran. Bravo, Charles, Sie haben mit Auszeichnung bestanden! Ich bin die Prüferin, und er brilliert darin, mich zufriedenzustellen.

Dabei möchte ich nur seine Freundin sein. Für mich muss er nicht brillieren. Er soll einfach nur bei mir sein, tagein, tagaus, mit seiner schlechten Laune, womöglich

Mundgeruch am Morgen, mit fettigen Haaren, abgewetztem Lieblingspulli oder im Pyjama mit Hausschuhen. Ich will mit ihm am Wochenende faul auf dem Sofa abhängen und stundenlang Serien gucken – und nicht einmal im Monat durch Luxushotels tingeln, in deren Wellnessbereich entspannen, an mondänen Strandpromenaden entlangspazieren, fürstlich zu Abend essen und dann göttlichen Sex haben.

Wie üblich strömen die Worte auch heute Abend aus deinem Mund. Ohne Angst, sie könnten die Gefühle, die sie vermeintlich ausdrücken, verschwinden lassen. Egal wie abgenutzt sie sind, du benutzt wieder und wieder dieselben Banalitäten, die dich zu nichts verpflichten.

Dabei sind mir eigentlich die Schweigsamen lieber, die Zurückhaltenden, die Ungeschickten. Die stammelnd nach dem *einen* Satz suchen, den sie noch nie ausgesprochen haben, um die unvergleichliche Aufregung zu beschreiben, ein neues Gefühl. Und die es quält, dass sie ihn nicht finden. Ich glaube, am Nebentisch sitzt so einer, dieser junge Rothaarige, der beinahe an seinen unausgesprochenen Worten erstickt. Auch der junge Mann hinter dem Tresen gehört wohl dazu, der jedes Mal, wenn die Kellnerin etwas bei ihm bestellt, versucht, sie mit seinem Schmetterlingsnetz einzufangen. Seine linkischen Flirtversuche rühren mich zutiefst.

Du hingegen quasselst ohne Punkt und Komma. Deine Worte plätschern wie Wasser über mich hinweg, bleiben selten an mir hängen. Nur manchmal schieben sich ein paar Tropfen unversehens unter meine Haut, tief in mein Herz. Sie lassen es anschwellen, und einen winzigen Moment lang fühle ich mich voll und ganz geliebt. Gleich darauf trocknet die Erde aber wieder aus. Bis die nächsten Tropfen kommen. Mit schöner Regelmäßigkeit. Gerade ausreichend, um nicht ganz zu vertrocknen. Häufig beschließe ich, mich endlich davor zu schützen. Doch ein »Heute Abend?« reicht, damit ich meinen Regenschirm vergesse.

Du wirfst einen unauffälligen Blick auf dein Handy. Schon zum dritten Mal heute Abend. Ich hole meines hervor, um klarzumachen, dass ich dir in nichts nachstehe. Und um dich glauben zu machen, dass auch ich ein Privatleben habe, Freunde, die sich nach mir erkundigen, mögliche Geliebte, die mir ein Rendezvous vorschlagen, wieso auch nicht? Umgehend lässt du dein Spielzeug wieder in der Anzugtasche verschwinden, ein scheinheiliges Lächeln auf den Lippen.

Dabei traue ich mich schon lange nicht mehr, mit meinen Freunden über dich zu sprechen. Sie um Beistand zu bitten, wenn du wieder mal verschwindest, ihnen von meinen Qualen zu erzählen und mich der Trennung zu verpflichten. Denn jedes Mal, wenn du zurückkommst, kann ich mein Versprechen nicht halten, weil du alles für mich bist, und dann gibt es weder Raum noch Zeit für andere. Ich melde mich erst wieder bei ihnen, wenn du von der Bildfläche verschwunden bist. Weshalb meine Freunde irgendwann die Nase voll hatten: *Es ist immer die alte Leier, so wirst du ihn nie verlassen. Du musst einen anderen Mann kennenlernen, das ist die einzige Lösung.*

Genau. Aber die Männer, die ich kennenlerne, sind eben nichts Besonderes, und ich vergleiche sie sofort mit dem, der den Kanon bildet, die Messlatte, den Richtwert. Im besten Fall sind sie blasse Kopien davon, im schlimmsten stellen sie dich auf ein noch höheres Podest. Ihr Erscheinungsbild ist stillos. Ihre Gegenwart lästig. Ihre Sinnlichkeit vorhersehbar. Ich bin deine Gefangene, selbst dann, wenn du gerade nicht mein Kerkermeister bist.

»Schmeckt dir dein Salat, mein Schatz?«

»Ja, er ist köstlich, mein Liebling.«

Wie dieses Abendessen, dieser gestohlene Augenblick. Wie die Nacht, die wir zusammen verbringen werden. So köstlich wie unerträglich die Tage sein werden, sobald du dich wieder verdünnisiert hast.

Wäre ich die ganze Zeit bei dir, hättest du mich schnell satt. Für Mangel sorgen ist deine Strategie. Du bereitest jeden deiner Schachzüge vor. Wozu ich überhaupt nicht in der Lage bin, in deiner Gegenwart bin ich vollkommen kopflos und nur vor Freude überwältigt. Ja, ich müsste für mehr Abstand sorgen, keine Frage. Das ist mir bisher nur ein einziges Mal gelungen. Völlig unbeabsichtigt, ich hatte bloß mein Handy verloren. Zwei Tage warst du ohne Antwort auf deine Nachrichten gewesen. Am Abend darauf standest du nervös vor meiner Tür. Fast hätte ich geglaubt, dass du mich liebst. Als du dann aber begriffen hast, dass es sich nur um eine technische Panne handelte und dass es keinen anderen gab, der deinen Platz in meinem Herzen eingenommen hatte, hast du auf dem Absatz kehrtgemacht, hast mich noch nicht mal geküsst.

Du redest. Ich höre deine Worte. Aber ich höre dir nicht zu. Meine Gedanken reichen, um mir Gesellschaft zu leisten. Ich habe dich so viel beobachtet und analysiert, dass ich dir schon lange kein Gehör mehr schenken muss.

Unser Tisch steht direkt am Fenster. Der Heizkörper wärmt meine Beine. Das tut gut. Ich habe meinen kürzesten Rock angezogen. Ich bin groß und habe schöne Beine. Das hast du mir gesagt. Also zeige ich sie. Mein Oberteil hingegen ist nicht tief ausgeschnitten. Man muss das ausbalancieren. Nicht zu viel zeigen. Ich weiß, wie das geht. Ich kenne meine Klaviatur. Ich habe drei Stunden gebraucht, um mich zurechtzumachen. Als ich deine SMS bekommen habe, deinen Startschuss, habe ich mich mit einer fadenscheinigen Ausrede im Café von meiner Freundin verabschiedet und bin nach Hause geeilt. Ein Bad, damit meine Haut ganz weich ist und gut riecht, danach Bodylotion, sorgfältig einmassiert, damit sie nicht unter deinen Fingern kleben bleibt, als Nächstes Pediküre, man weiß ja nie, schließlich haben meine Füße einmal eine nicht zu vernachlässigende Rolle gespielt, als … dann shampoonieren, föhnen, Haare bürsten und anschließend eine Gesichtsmaske, die ich immer eine Stunde lang einziehen lasse. Währenddessen Wahl des Outfits, Anprobe. Neue Dessous, gekauft in weiser Voraussicht und noch nicht getragen, Feinstrumpfhose, Schminke, neuer Nagellack. Und dann warten. Alles ist perfekt, nichts darf mehr verrücken, bis zu unserem Rendezvous.

Ich stochere in meinem Salat herum. Ein Blatt Kopfsalat. Ein Stück Tomate. Ich bin nicht hungrig. Ich will nur endlich in deinen Armen sein. Ich lasse alles weg, was Mundgeruch verursachen könnte, das hart gekochte Ei, Käsestückchen und Speckwürfel zieren den Rand meines Tellers.

Nichts davon bemerkst du. Du hast dich wieder über dein Handy gebeugt. Früher hast du noch nach Ausreden gesucht. »Eine dringende Angelegenheit, ich muss erreichbar sein« oder »Wir haben gerade einen wichtigen Kunden, da kann ich es mir nicht erlauben, nicht zu antworten«. Ich fragte mich insgeheim, welche Körbchengröße dieser wichtige Kunde wohl hatte, doch ich hätte besser die Rücksicht schätzen sollen, die du damals noch walten ließest. Heute Abend bist du ganz ungeniert. Dann richtet sich deine Aufmerksamkeit wieder auf mich und die ganze Geschichte unserer Beziehung offenbart sich mal wieder in deinem nächsten Satz:

»Nimmst du ein Dessert, mein Schatz?«

Ich habe meinen Teller kaum angerührt, weshalb also sollte ich ein Dessert haben wollen? Achtest du auch nur ein kleines bisschen auf mich, mit Ausnahme deiner zweckdienlichen Galanterie? Weißt du überhaupt, wer ich bin?

Nimmst du ein Dessert, mein Schatz? Bei anderen finde ich das lächerlich, um nicht zu sagen abstoßend. Die trivialsten Fragen mit Koseworten zu versehen, empört mich. Mir wird übel bei einem »Trag bitte den Müll runter, mein Schatz«. Keine Ahnung, warum ich es dir durchgehen lasse. Ich höre nur »mein Schatz«, der Rest ist mir egal. Du hast es gesagt! Du sagst es! Und dieses »mein Schatz« ist einzig und allein für mich bestimmt! Was juckt mich da der ganze Rest, all das, was du sonst so treibst, was du herumfantasierst mit den Frauen, die auf deinem Handybildschirm auftauchen, dieses »mein Schatz« zählt hier und jetzt.

Sehr liebenswürdig wiederholst du die Frage, da ich nicht geantwortet habe. Deine berühmte Höflichkeit, erfüllt von Nichtigkeit.

»Nimmst du ein Dessert, mein Schatz?«

Wer könnte, nachdem er dies gehört hat, glauben, dass du auch zu vorwurfsvollem Schweigen fähig bist, bleierner Gegenwart, feindseligen Bemerkungen und grausamer Ächtung, die ich letztlich mit einer scheinbar ungezwungenen Nachricht aufzuheben versuche, einem »Alles gut bei dir?«, weil ich nicht mehr schlafe, du mir fehlst, das Leben keinen Sinn mehr ergibt, ich keine Zukunft mehr sehe und die Gegenwart mir unerträglich ist?

»Ja, ein Dessert, mein Schatz.«

Heute Abend bist du wie Zucker und Honig und Sahne gleichzeitig, und deshalb sage ich Ja dazu. Alles akzeptiere ich, nur nicht deine Gleichgültigkeit.

Neulich habe ich mit meiner Psychotherapeutin darüber gesprochen. Über deine Gleichgültigkeit.

»Weshalb glauben Sie, dass er gleichgültig ist? Wie zeigt sich das?«

»Einmal, als ich … krank war, musste …«

Ich hatte nicht zu sagen gewagt, dass ich damals schwanger war und beschlossen hatte abzutreiben. Ohne dir etwas davon zu erzählen. Ein Kind. Wie könnte ein Mann wie du ein Kind in seinem Leben willkommen heißen? Und dazu noch mein schwangerer Körper … Du wärst Hals über Kopf geflohen, ohne jeden Zweifel. Ich hätte dich verloren. Daher zog ich es vor, das Kind zu verlieren. Du hast nichts davon mitbekommen. Ich weiß nicht, warum, aber ich hatte Angst, dass du es meinen Augen ablesen könntest. Aber du hast nichts bemerkt. Vielleicht ist in diesem Restaurant ja eine andere Frau in derselben Situation wie ich und empfindet dieselbe Furcht ...

»... musste ich ins Krankenhaus. Er hat mich kein einziges Mal besucht. Und hinterher hat er nicht einmal am Ausgang auf mich gewartet. Ich musste mit einem Taxi nach Hause fahren. Er war nicht für mich da.«

»Ist Liebe das für Sie? Dass jemand für Sie da ist, wenn Sie krank sind?«

Ein Ja kam mir nicht über die Lippen. Ich hatte den Eindruck, als wäre das nicht die Antwort, die sie von mir erwartete, das Eingeständnis einer unerhörten Schwäche. Ein Mann ist eine starke Schulter, eine Stütze, auf die man im Notfall bauen kann. Gerne hätte ich angeführt, was man sich bei der Eheschließung verspricht: »in guten wie in schlechten Zeiten, in Gesundheit und Krankheit, in Reichtum und Armut«. Doch ich hatte Angst, ich könnte von meiner Therapeutin dafür verurteilt und als rückständig kategorisiert werden, als zu traditionell. Nicht in Einklang mit dem emanzipierten Diskurs der Frauen heutzutage.

Wieder sehe ich nach draußen. Pärchen spazieren eng umschlungen am Canal Saint-Martin entlang. Sie haben ein Ziel, einen Bestimmungsort. Ich dagegen stecke im ständigen Walzer aus *Er liebt mich, er liebt mich nicht* fest. Meine Beine sind heiß und schwer.

Mein Blick fällt erneut auf dich. Deiner ist bei unserer jungen Tischnachbarin hängen geblieben. Hast du nicht mitbekommen, dass sie mit ihrem Vater hier ist? Sie erzählt mit bebender Stimme von ihrem Liebsten. Für dich ist da kein Platz, sie liebt einen anderen. Sie *liebt*, weißt du, das ist dieses Gefühl, das du für mich nicht empfindest. Aber vielleicht reizt dich ja auch gerade das an ihr, all die Widrigkeit.

Ich räuspere mich, hole dich damit zurück auf den Boden der Tatsachen. Deine Beute sitzt hier, mein Lieber, direkt vor dir, nicht ganz so blutjung wie die nebenan, dafür aber allzeit verfügbar.

»Schmeckt's, mein Schatz?«

Niemals bei einer Verfehlung ertappt werden, das ist deine Maxime.

»Wie bitte?«, frage ich, erstaunt über so viel Unverfrorenheit.

»Dein Dessert? Schmeckt es dir, mein Schatz?«

»Oh ja, köstlich, danke.«

Ein Obstsalat, was sonst. Nach dem Salat. Etwas Kräftigendes, o ja.

Wieder streichelst du meine Hand, lächelst mich an, als wäre heute unser erstes Rendezvous. Dabei jährt sich unser Kennenlernen heute, am 18. Juni, zum siebten Mal. Du hast es mit keiner Silbe erwähnt. Was nicht weiter verwunderlich ist. Denn unsere Geschichte hat ja auch keine Kontinuität, keine bedeutenden Ereignisse, die unseren Fortschritt im Hinblick auf eine Zukunft markieren. Nur Anfänge. Jedes Mal würfeln wir neu.

Ich muss an die Frau im beigen Mantel denken. Die aufgestanden ist, ihre Handtasche genommen, ihren Mann angesehen und ihn verlassen hat. Ich hingegen bleibe sitzen. Denn ich weiß ja nicht einmal, wen ich verlassen würde.

Charles. Okay. Du heißt Charles. Viel mehr weiß ich nicht über dich. Ich habe die Etymologie deines Namens im Internet recherchiert. Charles bedeutet »der freie Mann, der Krieger«. Ja, du bist der freie Mann in seiner ganzen Pracht. So wie Karl der Große oder Charles de Gaulle.

Kein Vergleich zu meinem unspektakulären, kurzen, gewöhnlichen Namen: Zoé.

8

»Typen wie der an Tisch 4 bringen mich auf die Palme.«

Marion knabbert ein paar Erdnüsse.

Neben dem Brotbrett steht eine große Schüssel voll davon, darin eine kleine Schaufel, mit der die Schälchen befüllt werden. Aber sie greift direkt mit der Hand hinein. Das mag Cyril nicht, denn es ist nicht hygienisch. Sollte das Gesundheitsamt inkognito bei ihnen auftauchen, würde das ohne jeden Zweifel angemerkt werden. Er hat sie einmal darauf hingewiesen und auf die kleine Schaufel mit einem breiten Lächeln gedeutet. Daraufhin hat sie nur mit den Schultern gezuckt und sich weiter direkt bedient. Sie ist dickköpfig.

Ansonsten isst sie nicht viel. Um 18.30 Uhr, wenn Ali ihnen das Tagesgericht serviert, bevor die ersten Gäste eintreffen, rührt sie ihren Teller kaum an. Eine Bohne hier, eine Kartoffel da, nicht viel mehr. Und junge Frauen, die nichts essen, sind niemals ein gutes Zeichen …

»Warum nervt er dich?«

»Der macht mir viel zu sehr einen auf Gentleman.

All die Koseworte ... das ist verdächtig«, erklärt sie und nimmt jetzt eine ganze Handvoll Erdnüsse aus der Schüssel.

Cyril beißt sich auf die Lippen. Sollten sie eines Tages zusammenziehen, gäbe es ganz gewiss Reibungspunkte. Er ist sich ziemlich sicher, dass sie alles herumliegen lässt, dazu muss man nur sehen, was sie mit ihrem Mantel macht, mal wirft sie ihn auf die leeren Getränkekästen, mal auf die Konservendosenstapel oder die Gemüsekisten, aber niemals hängt sie ihn da auf, wo er hingehört, an den Haken hinter der Tür. Und wenn sie zwischendurch doch mal ein Stückchen Baguette knabbert, lässt sie die Krümel auf dem Tresen liegen, und er muss mit dem Lappen hinter ihr herwischen. Ja, ein Zusammenleben mit ihr würde sich wirklich schwierig gestalten. Und trotzdem ...

»Ein Mann, der Koseworte benutzt, ist verdächtig?!«, fragt er.

»Genau.«

Cyril schluckt. Das muss er sich hinter die Ohren schreiben. Er darf bei ihr also nicht zu irgendwelchen Liebesschwüren anheben. Sich nicht in neckischen Kosenamen, »mein Spatz«, »Darling« oder Ähnlichem verlieren. Er muss aufpassen, was er sagt.

»Wenn man jemanden liebt, muss man das nicht ständig betonen und dann noch so laut, dass es alle mitbekommen. Das ist verdächtig, sage ich dir.«

Und damit geht sie wieder und wirft dabei noch mal eben elegant drei Erdnüsse in die Luft, sich in den Rachen hinein. Sie ist ziemlich gut darin. Vielleicht sollte er so etwas lernen, um sie zu beeindrucken, eine Zirkusnummer? Mit Flaschen jonglieren zum Beispiel. Das wäre eine Idee. Das wird er im Lagerraum üben. Cyril reibt sich die Hände an einem Geschirrtuch trocken.

Im Übrigen hat sie ja recht, was den Typen aus Bordeaux an Tisch 4 betrifft: Er ist nicht nur verdächtig, sondern tatsächlich ein Aufreißer. Ein gutes Personengedächtnis hat sie jedenfalls nicht. Er war nämlich schon mit verschiedenen Frauen hier, wenn auch nicht in den letzten drei Wochen. Ja, in manchen Dingen ist sie wohl ein bisschen zerstreut – was ihm aber eigentlich gefällt. Gibt es überhaupt etwas, was ihm nicht an ihr gefällt, abgesehen von den Erdnüssen? Am Anfang war sie wirklich furchtbar vergesslich. Von dem Moment, in dem sie eine Bestellung aufnahm, bis sie das Gewünschte in die elektronische Registerkasse eintippte, die die Info an die Küche weitergibt, war sie mit ihren Gedanken oft woanders, weshalb sie immer zweimal beim Gast nachfragen musste. Am zweiten Abend riet er ihr, sich alles auf einem Block zu notieren. Zuerst war sie wütend geworden, hatte dann aber doch einen Block genommen. Inzwischen braucht sie ihn nicht mehr. Nur manchmal noch sind da wieder diese Momente der Zerstreutheit. Sie gibt Tatar ein, obwohl Entenbrust bestellt wurde.

Oder sie serviert die Entenbrust am Tisch für das Tatar. Doch ihr strahlendes Lächeln rettet sie immer. O ja, dieses Lächeln, das hat was. Sie strahlt dabei übers ganze Gesicht. Es macht die Welt um sie herum augenblicklich heller, sodass man ihr alles verzeiht. Anstandslos isst man das Tatar anstelle der Entenbrust. Und auch die eine Scheibe Brot im Körbchen reicht aus. Nein, nein, keine Sorge, Mademoiselle, es ist alles bestens. Ihr Lächeln rettet sie vor jeder Beschwerde.

Und sie ist hübsch. Verdammt, ist sie hübsch, selbst in Jeans und T-Shirt. Für Cyril ist sie tausendmal attraktiver als die Schönheit von dem Typen aus Bordeaux. Immer hat er herausgeputzte Ladys dabei, schick angezogen, perfekt frisiert und geschminkt. Noch nie hat Cyril ihn in Begleitung eines Mädchens gesehen, das hippiehaft, burschikos oder sonst irgendwie unkonventionell war. Alle entsprechen sie dem Schönheitsstandard. Und alle haben sie lackierte Fingernägel. Er weiß nicht, weshalb, aber das ist ihm aufgefallen. Das ist sogar das Erste, worauf er achtet, wenn die jungen Frauen Platz nehmen. Alle sind sie bis in die Fingerspitzen durchgestylt. Das beeindruckt und erschüttert ihn gleichermaßen.

Marion trägt keinen Nagellack. Er würde auch keinen Abend im Restaurant halten: all die Teller, die sie auf- und abträgt, das Schneiden von Baguette, das Eintippen der Bestellungen, da hätte die Lackschicht auf ihren Fingernägeln innerhalb weniger Minuten unzählige Gelegenheiten abzublättern. Seine Marion ist einfach ganz natürlich und schön. Ha!, *seine Marion,* er wieder mal ...

Ihm ist heiß. Seit einer Stunde geht alles Schlag auf Schlag. Lautes Stimmengewirr, ein Teller nach dem anderen kommt aus der Küche, er zapft, entkorkt Flaschen, schenkt Wein ein, räumt die Vorspeiseteller vom Tresen und noch einiges mehr. Jetzt aber scheinen so langsam alle Gäste mit dem Hauptgericht versorgt zu sein. Er braucht noch ein Bier. Das Glas läuft unter dem Zapfhahn voll. Er leert es in einem Zug. Ah! Er sollte nicht zu viel trinken, sonst sagt oder macht er an diesem Abend noch was Dummes.

Denn er ist einfach hoffnungslos verknallt. Und er weiß nicht, wie er ihr das gestehen soll, so beeindruckt ist er von ihr. Er hat einfach eine Riesenangst, sie zu verlieren, obwohl zwischen ihnen noch gar nichts ist. Oh Mann, wie bescheuert er doch ist! In einem plötzlichen Anfall von Frust verpasst Cyril der Weinkiste neben ihm einen Tritt, schnappt sich seinen Tabaksbeutel und stapft durch die Hintertür nach draußen.

Sich eine Zigarette zu drehen, tut ihm gut. Die Spiegelungen der Straßenlaternen im Wasser des Canal Saint-Martin zu betrachten, wie ihr Lichtschein im Rhythmus der heranschwappenden Wellen tanzt, entspannt ihn noch mehr. Wenn er es sich recht überlegt, stellt er sich doch gar nicht so übel an. Und er macht Fortschritte. Er sollte zuversichtlich sein und sich weiterhin einfach

Zeit lassen. Sie ist die Richtige, das ist so was von klar. Zum ersten Mal hat er eine Frau getroffen, bei der er sich darauf freut, sie jeden Abend wiederzusehen. Sobald sie da ist und sie gemeinsam im Restaurant die Tische eindecken, fühlt er sich unbeschwert und ganz in seinem Element. Nur dafür hat er gelebt: sie zu finden, die Frau seines Lebens. Er muss nicht Gas geben, vorgeben, ein toller Typ zu sein. Er kann sich entspannen, sogar schweigen oder etwas Tiefsinniges sagen, er braucht nichts zu befürchten.

Cyril nimmt einen weiteren Zug, stößt den Rauch durch die Nase aus wie ein Stier im Zeichentrickfilm – und muss lachen. Unfassbar, der Tabak lässt ihn doch tatsächlich pathetisch werden! Er wirft den Zigarettenstummel auf den Boden und tritt ihn aus. Auf geht's, mein Junge, die Gäste warten auf dich, und hab keine Sorge, bei Marion bist du auf dem richtigen Weg.

Als er hinter die Theke tritt, kommt sie eilends auf ihn zu. Ruhig bleiben, ihren Stress hinnehmen, sie wieder runterholen, sagt er sich und lächelt sie an.

»Irgendwie habe ich mich auf den Typen von Tisch 4 eingeschossen«, sagt sie hastig. »Der hat was, das mich total fuchsig macht. Ich kann nur nicht genau sagen, was.«

»Dabei bist du gar keine Füchsin«, antwortet er mit demselben Lächeln, das seine Lippen noch immer umspielt, und bedauert es sofort. Hätte er bloß den Mund gehalten, es sollte lustig sein, war aber völlig daneben. Schnell bückt er sich hinter seinem Tresen nach einer Flasche Wein. Der Blick, den sie ihm zugeworfen hat, lässt keinen Zweifel daran, was sie von seinem seltsamen Humor hält.

»Du bist echt lustig, wenn du es darauf anlegst. Wow!«, hört er sie sagen.

Als er sich aufrichtet, will sie mit ihrem Tablett schon davonsausen.

»Vielleicht macht er dich fuchsig, weil du ihn kennst.«

Marion hält inne, dreht sich zu ihm um.

»Ich?«

»Er kommt oft hierher. Immer mit einer anderen Frau.«

Vor Überraschung fällt ihr fast das Tablett auf den Tresen, es stößt dabei gegen ein von ihm frisch gefülltes Schüsselchen Erdnüsse, sodass ein paar auf den Boden fallen. Rasch kommt er hinter seinem Zufluchtsort hervor, um ihr beim Aufsammeln zu helfen.

»Du hast recht, du hast echt recht!«, flüstert sie konsterniert und legt dabei kurz die Hand auf seinen Arm. »Jetzt erkenne ich ihn!«

Augenblicklich schlägt Cyrils Herz schneller: Da kauern sie beide am Boden, nur wenige Zentimeter voneinander entfernt – und teilen auf einmal ein Geheimnis miteinander. Langsam tauchen sie von dort wieder an die Oberfläche. Finden sich auf Höhe der Welt wieder.

»Sammelt ihr Pilze?«

Hinter ihnen steht der alte einsame Herr von Tisch 9.

»So was Ähnliches«, antwortet Cyril verlegen. »Diese Erdnüsse sind nur ein bisschen härter und gesalzen.«

Monsieur Fontaine lacht.

»Jeanne und ich sind immer gern zusammen Pilze sammeln gegangen. Vor allem Steinpilze. Damit haben wir Omelette gemacht, einfach göttlich. Manchmal auch nur eine einfache Pilzpfanne, mit ein bisschen Knoblauch und Petersilie. Das war köstlich! Und wenn wir richtig viele gefunden haben, hat Jeanne sie eingeweckt, und wir haben hin und wieder mal sonntagabends ein Glas aufgemacht … Sie mochte auch Herbsttrompeten, meine Jeanne. Und Semmel-Stoppelpilze … Ach ja, wie wahr, die Semmel-Stoppelpilze.«

Kurz entschlossen bugsiert Cyril ihn zu den Barhockern. Der alte Herr möchte mit jemandem reden. Er ist noch nicht lange allein, und ihm leiht er gern sein Ohr. Marion starrt unterdessen wieder zu dem Typen aus Bordeaux.

»He, schau, seine Geliebte geht auf die Toilette. Ach, das trifft sich gut, ich muss auch mal, ganz dringend!«

»Marion, nein! Was willst du …?«

Zu spät, sie ist bereits unterwegs.

9
Tartare de bœuf

Mit einer ausladenden Geste faltet sie ihre Serviette auf, als wäre es ein Geschirrtuch, und streicht sie dann über ihren Knien glatt. Diese brüsken Bewegungen, mit denen seine Frau – die sonst immer auf Diskretion und gute Manieren bedacht ist – ab und an überrascht, haben ihn schon immer fasziniert. Entschieden ergreift sie daraufhin ihr Besteck und macht sich über den Hühnerschenkel her. Die Zufriedenheit einer Mutter, die heute der lästigen Pflicht des Abendessenzubereitens entbunden ist, ist offensichtlich.

»Ich find's hier sehr hübsch«, verkündet sie.

Ohne es zu wollen, muss er lächeln, denn dies ist ein Zitat aus Claude Sautets Film ›César und Rosalie‹, den er so mag, aus der Zeit, als man bei Tisch noch rauchte, die Kinder während des Essens überall herumsprangen und das Mittagessen noch von einem Glas Rotwein begleitet wurde. Mit hochgesteckten Haaren, ein Lächeln auf den Lippen und glänzenden Augen sagt Romy Schneider zu Yves Montand: »Ich find's hier sehr hübsch.« Es gab eine

Zeit, aber die liegt schon lange zurück, da erinnerte seine Frau ihn an Romy. Etwas von Romys Sanftheit lag in ihrem Blick. Wohin war diese Sanftheit nur verschwunden?

Ihre Augen haben inzwischen nichts Sanftes mehr. Ihre Augen, in denen er einst die Gewissheit fand, dass alles gut würde, dass sie ihn immer unterstützen würde – die damalige Liebe in diesen Augen, die muss er heute hinter ihren von Falten eingefassten Lidern suchen, in Augen, die nicht mehr lachen, nicht mehr klar und offen sind. Der graue Star langjähriger Paare.

Auch ihre jugendlich schlanke Silhouette ist nur noch eine ferne Erinnerung. Ihr Körper ist über die Jahre dicker geworden, sicherlich jeden Tag ein bisschen mehr, nur war ihm das nie aufgefallen. Bis zu jenem Morgen vor drei Jahren, als er sie vom Bett aus beobachtete, wie sie sich vor dem Waschbecken schminkte. Er erinnert sich noch genau daran. Auf einmal bemerkte er, dass sie weichere Pobacken, breitere Hüften, keine Taille mehr und fülligere Arme hatte. Etwas Fülle ist nun nichts, was ihm zwangsweise missfallen würde, o nein, das nicht. Er gehört nicht zu der Sorte Mann, die Jugend und Schlankheit allem anderen vorziehen, wie sein Tischnachbar, der mit einem dermaßen jungen Ding zu Abend isst, dass sie seine Tochter sein könnte. Nein, seiner Frau würden die zusätzlichen Kilos tatsächlich ganz gut zu Gesicht stehen, wäre in ihrem Gesicht nicht so viel Bitterkeit, Groll und Entsagung zu entdecken, die bezeugen, wie sich ihre Liebe im Lauf der Jahre in Routine verwandelt hat.

Wehmütig erinnert er sich daran, wie er in den ersten Jahren ihrer Ehe abends noch mit Küssen, leckeren Gerichten und unbändiger Freude empfangen wurde. Beim Essen erzählte er von seinen Patienten, wartete mit ein paar Anekdoten auf, sie hörte ihm aufmerksam zu, und danach verschwanden sie lachend im Schlafzimmer und schliefen miteinander. Jeden Tag. Ja, damals waren sie noch genauso verliebt wie dieses Paar auf der anderen Seite, das ihm schon beim Betreten des Restaurants aufgefallen war. Der junge rothaarige Mann verschlingt seine Begleitung geradezu mit Blicken, sieht sie dabei intensiv und verloren zugleich an … und sie, sie scheint das Gewicht dieses Verlangens zu spüren, erschaudert sie doch vor Begehren und womöglich zugleich Bammel. Er macht sich immer sehr rasch ein Bild von der Verbindung, der Chemie zwischen zwei Menschen, dem Grad der Leidenschaft, den Herzen, die wie wild pochen, den Wangen, die sich mit Farbe überziehen, dem Dopamin, das vom Gehirn freigesetzt wird, den Händen, die feucht werden, kurz, von der Liebe mit all ihren Symptomen. Schließlich ist er Arzt, der den lieben langen Tag nichts anderes als Diagnosen stellt, und er kann sich auf seine schnelle und genaue Einschätzung verlassen.

Ja, früher waren er und seine Frau genau wie dieses junge Paar, auch wenn er sie damals nicht ins Restaurant ausführen konnte, weil das Geld knapp war. Er dreht sich leicht und mustert das junge Paar erneut, voller Nostalgie und leichtem Neid. Ja, so waren sie einst, stammelnd und verliebt … Jedenfalls nicht zu vergleichen mit dem Paar am Fenster, zwei Tische weiter, wo dieser selbstsichere Don Juan gerade allein am Tisch sitzt und mit einem überlegenen Grinsen auf sein Handy blickt. Seine perfekte, unterwürfige Beute hat den ganzen Abend schon jede seiner Reaktionen beobachtet, ihm um jeden Preis zu gefallen versucht, so sehr, dass sie sich darüber selbst vergisst. Sie hingegen waren einander immer auf Augenhöhe begegnet: Seine Frau hatte ihn damals durch ihre Freude, ihre Lebhaftigkeit, ihre Intelligenz und ihre guten Manieren gefesselt, wohingegen er sie mit seiner Ruhe, seiner Ernsthaftigkeit und seinem Medizinstudium beeindruckt hatte.

Wenn er nur wüsste, was passiert ist, dass sie nicht mehr so glücklich miteinander sind. Ihr Lächeln ist erloschen, sein Zuspätkommen ist ständig Anlass für Kritik, das Essen wird vom Feinkostladen geliefert, seine Anekdoten interessieren sie nicht mehr, und die Namen seiner Patienten und ihre Krankheitsgeschichten hat sie auch nicht mehr im Kopf. Um miteinander zu schlafen, ist inzwischen Alkohol vonnöten. Und selbst wenn sie vorher etwas trinken …

Früher warteten sie voller Sehnsucht aufeinander, verzehrten sich nach dem anderen. Sie liebten sich so, als könnten sie niemals genug voneinander bekommen und müssten all die Jahre der Enthaltsamkeit nachholen. Denn in ihrer Jugend musste eine Frau sich noch für die Ehe aufsparen. Und da sie sich daran gehalten hatten, fielen sie begierig und ohne Schuldgefühle und egal wann übereinander her, sobald sich eine Gelegenheit bot, schwitzend, verlangend. Ja, er weiß, das kann man sich nur schwer vorstellen, wenn man sie beide heute an diesem Tisch sitzen sieht, etabliert, spießig, jeder von ihnen mit ein paar Kilos zu viel. Die körperliche Liebe ist nunmehr eine Seltenheit. Und wenn, dann verbindet sie stets zwei geduschte, mit Seife und Bodylotion parfümierte Körper. Zwei Körper, die schon irgendwie auf die Vergänglichkeit zusteuern.

Er sieht sie an. Ein Bissen gleitet gerade ihre Speiseröhre hinunter, er kann seinen Parcours in Echtzeit verfolgen. Ihre Lippen glänzen vom Saft des Geflügels.

»Dieses Kartoffelpüree ist einfach köstlich«, verkündet sie mit einem zufriedenen Lächeln.

Den nächsten Bissen verschlingt sie noch schneller. Püree muss schließlich nicht gekaut werden. Dann tupft sie sich die Lippen mit ihrer Serviette ab und greift zu ihrem Glas.

»Und der Wein ist ebenfalls hervorragend.«

Sie trinkt von Tag zu Tag mehr. Wenn er abends von der Praxis nach Hause kommt, fläzt sie häufig schon vor einer TV-Serie auf dem Sofa, vor sich ein Gläschen Portwein und Pistazien. Bei dem Geräusch, das ihre lackierten Nägel beim Knacken der Schalen machen, bekommt er immer eine Gänsehaut.

Auf ihrem Glas, das sie soeben abgestellt hat, prangt jetzt der Abdruck eines viel zu dunklen Lippenstifts, der ihr Ähnlichkeit mit einem alternden Transvestiten verleiht. Pardon, das war jetzt nicht sehr nachsichtig, schließlich wird auch er älter. Aber dieser rote, vom Geflügelfett glänzende Abdruck verdirbt ihm gerade fast den Appetit.

»Sogar das Brot schmeckt hier.«

O Gott, noch so ein Satz. Sie reiht sie heute wirklich wie Perlen aneinander, bla, bla, bla, bla. Apropos Perlen: Ihren Hals schmückt auch heute wieder die Perlenkette. Diese Kette ist ihm schon lange zuwider; er hat sie schon zu oft gesehen, und sie ist ihm inzwischen auch einfach zu brav. Sie war sein Geschenk zu ihrem ersten Kind. Das Armkettchen bekam sie für das zweite. Und die Ohrringe für das dritte. An diesem Abend trägt sie alle drei Schmuckstücke. Als wäre sie das Schaufenster eines Juweliers. An der Eintönigkeit ist er allerdings auch selbst schuld, das muss er zugeben, bei Geschenken fehlt es ihm von jeher an Fantasie. Wenn er sich heute jedoch daran versuchen würde, vielleicht mit einem Ethnoanhänger oder gar Spitzenunterwäsche, dann bekäme er garantiert wieder diesen entrüsteten Ausdruck zu sehen, den er so gut kennt, diese Missbilligung, die sich in den beiden Nasolabialfalten äußert, die ihre Mundwinkel nach unten ziehen. Daher versucht er es lieber nicht, hält sich an das, was erwartet wird, an das Förmliche, das gesellschaftlich Anerkannte.

Hm, was empfindet er eigentlich noch für sie? Die Leidenschaft liegt lange zurück. Doch das ist letztlich ganz normal, denn auf lange Sicht ist Leidenschaft äußerst kräftezehrend. Spürt er noch Liebe? Zärtlichkeit? Ja, hin und wieder überkommt ihn Zärtlichkeit, schubweise, begleitet von einem Hauch Nostalgie. Zu ganz seltenen Gelegenheiten taucht sie noch auf, am häufigsten dann, wenn sich eine zufällige, gedankliche Assoziation ergibt, wenn ein Patient vom Bau seines neuen Hauses erzählt und er sich unvermittelt in ihrem allerersten Appartement sieht, sie hochschwanger mit Latzhose und er oben auf einer Leiter, wie er die Decke blau streicht. Heute Abend hat ihn allerdings noch nichts Besonderes mitgerissen, er erinnert sich nur an all die verschwundenen Gefühle.

Mangels Leidenschaft hat er es jedenfalls so gemacht wie viele andere Männer auch, hat sich in die Arbeit geflüchtet. Darauf ist er nicht sonderlich stolz. Es war auch für ihn die Lösung, die so viele andere vor ihm schon erprobt hatten, um die Familie nicht zu zerstören, er weiß nur zu gut, was für einen Schaden das anrichten kann.

Daher kam er wie all diese Männer auch immer später nach Hause. Übernahm den Bereitschaftsdienst am Wochenende oder besuchte Symposien. Ließ sich mitten in der Nacht herausklingeln. Sein Beruf nahm den ersten Platz in seinem Leben ein. Ihr überließ er den Rest: die Hausarbeit, die Kinder, die gesellschaftlichen Verpflichtungen, die Organisation der Ferien, den Zweitwohnsitz, den ganzen Alltag …

»Ich mache mir Sorgen um Mathieu.«

Ah, sieh an, etwas Persönliches. Und möglicherweise Interessantes? Auf jeden Fall was anderes als ihr sonstiges Gequassel, diese nichtssagende Hintergrundmusik, die er gar nicht mehr hört, wie ein beständig dudelndes Radio.

»Warum? Was ist los mit ihm?«

»Ich weiß es nicht genau, aber mit ihm stimmt einfach was nicht. Er isst immer weniger, sein Teller ist nie ganz leer, und sogar das Nudelgratin, das von klein auf sein Lieblingsessen ist, schluckt er nur mit Widerwillen hinunter.«

»Du machst dir viel zu viele Sorgen, mein Schatz.«

»Nein! Mein Mutterinstinkt sagt mir, dass da was nicht stimmt. Und es womöglich sogar was Schlimmes ist.«

Ah, wieder die Leier, der unwiderlegbare Mutterinstinkt, diese im Uterus entstandene Verbindung, die nicht mit der Nabelschnur abgetrennt wird, dieses Männern unzugängliche Wissen, das keine väterliche Fürsorge je erlangen kann.

»Du solltest mal mit ihm reden. Mir erzählt er leider nichts.«

Oha, er hat also doch einen gewissen Nutzen, könnte man meinen. Ab und an werden seine Dienste durchaus noch gebraucht.

»Mir auch nicht«, entgegnet er nur.

»Aber unter Männern kann man gewisse Themen besser bereden«, insistiert sie. »Ich bin mir nämlich ziemlich sicher, dass da ein Mädchen dahintersteckt.«

Ein paar Krümel haben sich auf dem Kragen und über der Bluse verteilt, und sie beseitigt sie mit der Hand, deren Ringfinger ein riesiger Ring ziert, welcher mehr den ehelichen Status als tiefgehende Gefühle bezeugt.

»*Unter Männern* umgeht man manche Themen ganz absichtlich«, widerspricht er und löst den Blick von dem Ring, »und Frauen gehören dazu.«

Er soll seinem Sohn Ratschläge über das Leben als Paar oder eheliches Glück erteilen? Nein, das fällt ihm im Traum nicht ein! Und was das Funktionelle betrifft, da kennt sich sein Sohn längst ebenso gut aus wie er selbst: Ihre drei Kinder haben nämlich allesamt Medizin studiert. Ja, seinen Nachwuchs konnte er mit seiner Leidenschaft anstecken. Hm, vielleicht ist er als Vorbild unterm Strich gar nicht so übel …

Eine polternde Stimme vom anderen Ende des Restaurants reißt ihn aus seinen Gedanken. Der Kerl, dessen Frau ihn vorhin sitzengelassen hat, beschwert sich über den Wein. Sie war hübsch, soweit er das beurteilen kann. Auch schlanker als seine. Und zerbrechlicher, zögerlicher, weit entfernt von diesem Klotz aus Gewissheiten und Phrasen, den er vor sich hat. Und wenn ihn nicht alles täuscht, trug sie denselben Mantel wie Romy Schneider in ›César und Rosalie‹. Ja, ganz sicher. Er wäre ihr gern beigestanden, wenn es zum Eklat gekommen wäre. Vielleicht sogar mehr als nur das …

»Was ist mit dem armen Ding los?«, hatte seine Frau gezischt. »Hör auf, sie so anzustarren. Ich warne dich, lass dir bloß nicht einfallen, dieses Essen durch eine deiner Rettungsaktionen zu sabotieren, auf die du dich so wunderbar verstehst. Falls jemand nach einem Arzt fragt, meldest du dich nicht, verstanden? Ich habe diese Abende mehr als satt, an denen du dein medizinisches Wissen zur Schau stellen musst.«

Der hippokratische Eid hat für sie einfach keinerlei Bedeutung. Wäre diese Frau umgekippt, wäre er ihr selbstverständlich zu Hilfe geeilt! Das ist sein Beruf, seine Berufung, seine Pflicht. Für seine Frau sind seine Patienten inzwischen nichts weiter als eine Ausrede, verspätet zum Abendessen zu erscheinen, nächtliche Störenfriede, Verhinderer gemeinsamer Familienfeste. Nur widerwillig räumt sie manchmal nach einer ihrer Szenen ein, dass dank der Praxis Geld ins Haus kommt – das

der Staat ihnen dann aber wieder abknöpfen würde …
Sie hat nie wirklich verstanden, was es ihm bedeutet.
Für sie ist Arztsein einfach nur ein Job. Und vor allem
ein gesellschaftlicher Status. Für ihn hingegen hat sein
Beruf Sinn, er lebt dafür, Menschen zu helfen. Und sie
schätzen ihn dafür. So wie der junge Barkeeper, der ihn
eines Abends zu seiner Allergie an den Händen befragt
hat. Er hat ihm empfohlen, das Spülmittel zu wechseln.
Seitdem sind die Flechten verschwunden und der Barmann begrüßt ihn jedes Mal, wenn er das Restaurant
betritt, mit einem Lächeln und lässt dabei seine Hände
wie Marionetten tanzen.

Er betrachtet sein Glas. Ein winziges Stück ist vom
Rand abgesplittert, wenn man nicht aufpasst, kann man
sich die Lippen daran aufschneiden. Es erinnert ihn an
sie beide, auch wenn er das ziemlich bescheuert findet,
in einem Glas eine Metapher für sein Gefühlsleben zu
sehen. Warum nicht gleich die befleckte Tischdecke dafür hernehmen, oder den Kronleuchter, bei dem eine
Birne nicht funktioniert? Egal, was ihm dazu einfällt,
letztlich weist alles auf Erosion, Dekadenz, Vergänglichkeit hin …

»Du bist heute Abend ja nicht gerade redselig«, beschwert sie sich jetzt. »Sag bloß nicht, dass dir wieder so
ein schwieriger Fall durch den Kopf geht. Du musst mal
abschalten, Julien. Wirklich, das geht so nicht weiter. Du
lässt dich viel zu sehr vereinnahmen.«

Wenn sie es doch nur verstehen würde, dass ein Arzt nun mal kein Automechaniker ist. Abgesehen davon ist er sich gar nicht mal sicher, ob ein guter Automechaniker nicht auch während des Abendessens darüber nachdenkt, wie er das Auto, das man ihm anvertraut hat, am besten reparieren kann. Und er will eben diesen Mann »reparieren«, diesen alten Herrn, Auguste Werner. Er kommt jede Woche zu ihm in die Praxis, wird immer weniger, ausgezehrter. Aber er schenkt ihm trotzdem immer ein Lächeln. Und meckert nie.

»Das ist eben das Alter, Herr Doktor, da kann man nichts machen. Da geht eins nach dem anderen kaputt. Und? Was haben Sie dieses Mal gefunden?«

Monsieur Werner betrachtet seinen Zustand ohne Fatalismus oder Resignation. Eine neutrale, wohlmeinende Bilanz zu seinem Körper, der seine Aufgabe ein Leben lang gut erledigt hat und nun langsam Ermüdungserscheinungen zeigt.

»Sie hätten mich mal in jungen Jahren sehen sollen, Herr Doktor. ›Stahlschädel‹ nannte man mich damals auf dem Rugbyfeld; da ging es heftig her, das können Sie mir glauben. Alle hatten Angst vor mir! Was habe ich mit meinen Freunden darüber gelacht!«

Kein Bedauern, keine Bitterkeit liegt in seinen Erzählungen aus der Jugend, vielmehr eine zarte Dankbarkeit für all das gelebte Leben, das seine Versprechen gehalten hat.

Könnte er dasselbe über seines sagen? Das fragt er sich jedes Mal, nachdem Monsieur Werner seine Praxis verlassen hat. Wohl eher nicht, muss er dann feststellen. In seinem Privatleben häufen sich die Frustrationen, er zieht sich immer mehr zurück, ist zum Meister in Sachen Vermeidung geworden. Seine Arbeit nimmt deshalb immer mehr Raum ein, sodass er immer weniger Zeit mit der Familie verbringt. Und das wird hoffentlich so bleiben. In Pension gehen? Nur das nicht! Die Vorstellung einer beständigen Zweisamkeit mit seiner Frau versetzt ihn in Angst und Schrecken. Nein, er wird als praktizierender Arzt sterben. An einem Geschwür, das weiß er, denn er verzehrt sich von innen heraus.

Er blickt sich unauffällig im Restaurant um, um mit den Diagnosen fortzufahren, mit denen er zu Beginn des Abends begonnen hat. Er sollte dem Barmann raten, dass er nicht so viel trinken soll. Heute Abend zapft er sich immer mal wieder ein kleines Bier. Das ist langfristig nicht gut für ihn. Er mag ihn und darf nicht zulassen, dass er irgendwann abstürzt … Aber hm, vielleicht hilft es ihm ja auch, den Mut zu finden, um die Sache mit der Kellnerin endlich zum Laufen zu bringen? Sie ist im Übrigen ganz schön nervös, diese junge Frau. Er würde ja auf Probleme mit der Schilddrüse tippen. Oder auf irgendein Trauma: Manchmal schreckt sie ungewollt zusammen, wenn die Tür aufgeht, ein Stuhl abrupt nach hinten geschoben wird oder jemand plötzlich seine Stimme erhebt. Der Barmann wird jedenfalls ziemlich geduldig mit ihr sein müssen … Und dann dieser arme Witwer, der in den letzten Jahren immer mit seiner netten Frau hier war und nun mit sich selbst redet und für zwei isst: Er sollte wirklich mal in seine Praxis kommen, damit er ihn untersuchen und seine Laborwerte checken kann, nicht, dass er seiner Frau schon nach kurzer Zeit ins Grab folgt. Er hat schon so viele wie ihn gesehen, die sich nach dem Tod des anderen aufgeben … Was würde er eigentlich tun, wenn seine Frau auf einmal nicht mehr da wäre? Zunächst mal wäre er erleichtert, keine Frage. Und dann? Er beschwert sich oft über sie, sicher, flüchtet jeden Tag vor ihr – aber was, wenn sie vor ihm sterben würde und sein Privatleben nur noch aus ein paar sporadischen Besuchen der Kinder bestünde? Wenn er ehrlich ist, so ist sie sein Übel und sein Heilmittel, sein Gegenpol und sein Lebensinhalt.

»Weißt du, was mir bei uns so gut gefällt? Dass wir uns nach all den Jahren immer noch was zu sagen haben. Schau dagegen die beiden drüben beim Fenster an, die starren nur ins Handy, also wirklich. Da kann man doch gleich zu Hause bleiben, so wenig, wie die miteinander …«

Seine Frau redet unermüdlich weiter, während seine Gedanken schon wieder abschweifen. Er bewundert ihre Hartnäckigkeit. Ja, wenn er bestimmen müsste, was sie beide verbindet, die Essenz, nach der er kurz zuvor gesucht hat, dann wäre es das: Sie gibt niemals auf, ist immer da. Und das, das ist wirklich schön.

»Tja, vor allem du, mein Schatz.«

Er erlaubt sich einen kleinen Geistesblitz, begleitet von einem Lächeln, was nur selten wertgeschätzt wird.

»Was willst du damit sagen? Dass ich zu viel rede?!«, echauffiert sie sich. »Sicher, im Vergleich zu dir ist jeder andere in der Tat geschwätzig.«

Ach, diese Humorlosigkeit. Er kann sich nicht daran erinnern, wann sie das letzte Mal zusammen gelacht haben. Und genau das macht ihm am meisten zu schaffen. Er kommt mit ihrer Spießigkeit, dem Übergewicht, selbst manchmal mit ihren dummen Bemerkungen klar. Aber dass sie immer alles wortwörtlich nimmt, bringt ihn wirklich gegen sie auf. Mit seinen Patienten, auch mit denen, die auf ganz schreckliche Weise immer mehr abbauen, geht es so viel lustiger zu als mit ihr!

»Na, und sieh doch nur mal zu diesem Paar da drüben, die haben den ganzen Abend über noch kaum ein Wort gewechselt. Das ist schrecklich traurig.«

Sie verstummt niemals. Und er muss ihr ab und zu folgen, ansonsten gäbe es gar keine Verbindung mehr zwischen ihnen. Sie zeigt mit dem Kinn auf das junge Pärchen, das ihn zuvor so bewegt hat, den zögerlichen Rothaarigen und die Blondine, deren Blicke auf der Suche nach Halt nervös im Restaurant umherirren. Er lächelt ihr beruhigend zu. He, du schaffst das, konzentriere dich auf den jungen Mann und vertrau ihm, er liebt dich, glaub mir. Alles wird gut. In jedem Anfang liegt ein Versprechen. Erst später wird es schwieriger.

»Also bitte, Julien, ein bisschen mehr Diskretion. Hör auf, sie so anzustarren!«

Auch das erträgt er schwer. Wie sie ihm immer in Erinnerung ruft, dass er sich nicht so verhält, wie es sich gehört. Aber was wäre dann aus dieser Frau geworden, die er neulich gerettet hat? Kein Arzt vorher hat den stecknadelkopfgroßen Tumor auf der Tomographie gesehen, er aber schon! Die arme Patientin verdankt ihr Leben seiner Scharfsicht, seinem Überschreiten der Routine. Alle in der Klinik haben ihn beglückwünscht, für ein paar Stunden war er dort der Held! Zu Hause hingegen ist er immer nur ein Loser. Sie schert sich nicht um seine täglichen Großtaten, sie weist ihn nur in einer Tour auf seine Fehler hin, stellt sein Tun infrage.

In diesem Punkt beneidet er wirklich diesen Witwer, der sich zwei Gerichte bestellt hat. Er muss keine Worte mehr finden, um nicht als ungesellig zu gelten. »Julien ist so ein Eigenbrötler«, erklärt sie ihren Freundinnen, wann immer es geht, und fügt dann meist noch hinzu, dass er ohne sie wie ein Bär in seiner Höhle leben, sich von Konserven ernähren und seine Abende bloß mit Lesen verbringen würde. Er weiß nicht so recht, was daran schlecht sein soll.

Der Witwer hat ein Entrecôte bestellt. Zwei sogar. Das Gericht hätte er auch gern genommen, aber er hat sich nicht getraut, weil sie ihn dann wieder mit diesem missbilligenden Blick bedacht hätte, den er nur zu gut kennt. Das ist als Abendessen zu schwer, mein Schatz, es tut deiner Verdauung nicht gut, und heute Nacht stehst du dann wieder zehnmal auf und hinderst dadurch auch mich am Schlafen, sodass wir deinetwegen morgen früh beide müde sind. Und dann dein Cholesterin, darauf musst du aufpassen!

Hat sie etwa Medizin studiert oder er? Es ist immer »zu seinem eigenen Besten«, wenn sie ihm einen Genuss verwehrt. Mit dem Wein ist es genauso. Alle Gäste haben eine Flasche vor sich stehen, sogar der Witwer. Die Einzigen, die eine schäbige Halbliterkaraffe bestellt haben, sind sie beide. Ihm reicht es langsam mit diesen halben Sachen, mit diesem halben Leben.

Er isst nicht mehr mit Genuss, trinkt nicht, hat keinen Sex mehr mit seiner Frau, was bleibt ihm da noch? Das Leben ist kurz und zerbrechlich, und auch sein Körper kann sich von heute auf morgen in einen Nährboden für irgendwelche Krankheiten verwandeln, die sich ausbreiten, womöglich sogar wuchern. Ist es da wirklich zu viel verlangt, sich ab und an einen Festschmaus mit einer guten Flasche Wein zu genehmigen?

Ah, endlich, sein Tatar an Salatbett, das seine Frau ihm genehmigt hat. Cyril stellt es vor ihm ab und lächelt ihn an. Sofort vergisst er, wie lange er auf sein Gericht warten musste.

»Ich wünsche wohl zu speisen.«

Unwillkürlich muss er schlucken. Cyrils Wunsch war sicher gut gemeint, aber ... er hasst diesen Satz! Wenn man speist, schiebt man sich mit spitzen Lippen dezent eine kleine Gabel voll in den Mund, und dabei fehlt es ganz eindeutig und unverkennbar an Lebenslust.

Unvermittelt überkommt ihn der Drang, sich den Bauch vollzuschlagen.

»Cyril, entschuldigen Sie bitte!«

»Ja?«

»Würden Sie mir ein Entrecôte mit Pommes bringen?«

»Statt des Tatars?«

»Nein, zusätzlich.«

»Er scherzt, Monsieur«, protestiert seine Frau wie aus der Pistole geschossen. »Oder, mein Schatz, das ist ein Scherz, nicht wahr?«

»Nein, kein bisschen. Als nächsten Gang bitte noch ein Entrecôte, Cyril.«

»Also bitte, Julien, das ist so was von unvernünftig...«

»Stimmt. Ich habe heute Abend nämlich keine Lust, vernünftig zu sein.«

»Wie hätten Sie Ihr Entrecôte gerne?«, mischt sich Cyril mit einem Lächeln schnell ein; er hat sich ganz offensichtlich auf seine Seite geschlagen.

»Blutig, bitte.«

»Sehr gern, Monsieur.«

Er sinkt in seinen gepolsterten Stuhl zurück und sieht Cyril zufrieden hinterher. Gut gemacht, Julien, heute Abend wird der Genuss endlich mal nicht zu kurz kommen!

10
Viande ou poisson?

Sie ist am Verhungern, hat Kohldampf, ein Loch im Bauch. *Starving* sagt man auf Englisch. Schon beim Betreten des Restaurants hat sie auf die Teller der Gäste geschielt. Mhmm, dieses Entrecôte! Und Monsieur Fontaine, ihr Lebensmittelhändler, muss doch tatsächlich zwei davon gegessen haben! Sie würde es gern genauso machen wie er, aber das wird sie sich nicht trauen, das würde zu viel Aufmerksamkeit auf sie ziehen. Ah, und an einem anderen Tisch gab es Lasagne mit Lachs! Das sah auch lecker aus. Und Entenbrust! Sie leckt sich die Lippen.

Die Bedienung platziert sie mitten im Gastraum. Ihr wäre ja ein Tisch etwas abseits lieber gewesen, flüstert sie ihm zu, lächelnd gibt er ihren Wunsch weiter, daraufhin werden sie in der Ecke neben einem anderen Paar platziert. Sie sind spät dran, und die vorherigen Gäste müssen wohl gerade gegangen sein. Sehr gut. Also nein, wie ihr Magen zwickt und drückt. Sie könnte ein ganzes Kilo Spaghetti verdrücken. Hoffentlich bringt die Kellnerin bald den Korb mit Brot. Das käme ihr jetzt sehr gelegen. Auf jeden Fall wird sie sich heute alles gönnen: Vorspeise, Hauptspeise, Dessert. Ganz ungeniert! Schnell, die Karte! Wieso braucht die Bedienung bloß so lange?

Wieso ist sie nur so hungrig? Obwohl … eigentlich ist es ja klar. Auch wenn es so nicht geplant war.

Vorerst ist das noch ihr Geheimnis. Es spielt sich zwischen ihrem Gehirn und diesem kleinen Plastikdingens mit den zwei blauen Strichen in ihrer Handtasche ab. Der eine Strich steht dafür, dass der Test korrekt durchgeführt wurde. Der andere besagt, dass er positiv ist. Okay, okay, okay. Sie hat zehn Tage gewartet, ehe sie sich selbst zugeredet hat, dass sie sich besser Klarheit verschaffen sollte. Klopfenden Herzens ging sie zur Apotheke an der Ecke ihrer Straße – und landete bei der Chefin, die immer so laut spricht. »Ein Schwangerschaftstest? Sehr gern, Mademoiselle. Sind Sie sicher, dass Sie nicht lieber gleich zwei wollen? Damit wären Sie auf der sicheren Seite.« Ganz sicher ist jedenfalls, dass bald das ganze Viertel Bescheid weiß, vielen Dank auch, Frau Apothekerin.

In aller Eile kehrte sie wieder in ihre Wohnung zurück, als würde man sie verfolgen, und schloss sich auf der Toilette ein. Und das, obwohl François noch auf der Arbeit war und erst abends zu ihr kommen würde. Wie in der Gebrauchsanleitung beschrieben, hatte sie auf das eine Ende des seltsamen Plastikstifts gepinkelt;

wer hätte gedacht, in welch eigenartiger Position man herausfindet, ob man schwanger ist oder nicht? Im Sitzen, die Hose um die Fußknöchel, den Test in der Hand, den man schüttelt, als wäre er ein Fächer! Nach einer festgelegten Zeit wirft man einen ersten Blick darauf, dann schüttelt man ihn wieder, sieht erneut darauf, abermals schütteln, man sieht ihn sich ein drittes Mal an, und dann ist ganz offensichtlich kein Zweifel mehr möglich.

Na ja, wie auch immer, es kündigte jedenfalls den nachfolgenden Freudentanz an, die Gedanken an all die Vorsorgeuntersuchungen, die Geburt und einen ganzen Haufen weiterer wundervoller Ereignisse. Zwei blaue Striche waren jedenfalls deutlich sichtbar in dem kleinen Fenster, wie es der Beipackzettel angekündigt hatte, alles so, wie es sein musste.

Und heute Abend will sie diese Gewissheit mit ihm teilen.

Nur: Wie soll sie es ihm beibringen? Sie muss auf jeden Fall klare Worte wählen, keine Metaphern. Sie muss ihm die ungefilterte Wahrheit sagen.

Mit einem Lächeln erinnert sie sich an den Tag, an dem ihre Mutter ihr die Regelblutung mit einem kleinen Nest erklärte, das der Körper einmal im Monat baue, mit Eiern darin, und das geleert und wieder zerstört würde, wenn kein Vogelpapa vorbeigekommen sei. Sie hatte kein Wort davon verstanden. Die Analogie zwischen dem, was in ihrem Körper passierte, und dieser Vogelgeschichte, war ihr einfach nicht aufgegangen. Da war das »Du blutest von jetzt ab jeden Monat einmal« von ihrer besten Freundin deutlich hilfreicher gewesen.

Also, welche Worte soll sie heute wählen?

Oder sollte sie ihm einfach nur das Ergebnis unter die Nase halten? Dieses mit Urin getränkte Teststäbchen, mitten im Restaurant? Also nicht, dass es hier so überaus schnieke wäre, aber trotzdem, irgendwie ist das doch ein bisschen ekelig, oder nicht? Sie bückt sich, wühlt nach dem Test in ihrer Handtasche. Ihn zu berühren, macht es deutlich realer. Ihre Finger schließen sich um das harte Plastik. Ja, sie träumt nicht.

»Suchst du was, mein Schatz?«

Sie sieht von ihrer Tasche auf. Die Vogel-Strauß-Taktik funktioniert nur eine gewisse Zeit. Es kommt immer der Moment, in dem man sich aufrichten und den Blicken und Fragen der Menschen stellen muss.

»Nein, nein, gar nichts. Mach dir keine Sorgen, alles gut.«

François blickt überrascht.

»Warum sollte ich mir Sorgen machen? Brauchst du ein Taschentuch?«

»Ja, genau … ich brauche ein Taschentuch. Vielen Dank. Sehr nützlich, so ein Taschentuch.«

Sie beißt sich auf die Lippen. Verflixt, sie ist so weltvergessen. Was für ein hohler Satz. Wer will schon ein

Kind bekommen mit einer Frau, die nichts Klügeres zu sagen hat als: »Sehr nützlich, so ein Taschentuch«? Wahrscheinlich denkt er gerade darüber nach, was für seltsame Gedanken ihr im Kopf herumgeistern.

Doch er hat sich nie über ihre Traumverlorenheit beschwert. Er finde es sogar ganz entzückend, hat er ihr einmal gestanden und eine ganze Liste an Beispielen aufgezählt: dass sie die Metro in die falsche Richtung nimmt und mitten auf einer Party anfängt zu lesen. Dass sie eigenartige Vergleiche bemüht und auf die Form der Wolken und die Richtung des Windes reagiert. Dass sie überall Post-its hinklebt, um sich an Dinge zu erinnern, und den Nebel liebt. Dass sie das Alphabet immer verkehrt herum aufsagt und ihre Mahlzeiten manchmal nur aus Käse und Nachtisch bestehen. Dass sie immer ihren Badeanzug dabeihat, weil man ja nie weiß, ob man nicht an einem Fluss oder Springbrunnen vorbeikommt, und mit offenem Mund Ski fährt, um ja keine Schneeflocke zu verpassen. Dass sie sich ständig selbst verbessert, wenn sie redet, und dann unvermittelt die Hände gebraucht, um ihre Ausschweifungen auszuschmücken. Dass sie ihre Regenschirme überall vergisst, sie muss inzwischen bei Nummer vierzig angelangt sein … und überhaupt: Sie vergisst ganz viel. So wie sie auch vergessen hat, die Pille zu nehmen, so ist es nämlich passiert … Jedenfalls sieht es so aus, als würde er tatsächlich all das lieben, oder zumindest es akzeptieren, ohne zu versuchen, sie zu ändern. Und so was hat Seltenheitswert. Seine Liebe zu ihr ist ein Wunder.

Aber wie wird er diese Nachricht aufnehmen? Er ist sicher noch nicht bereit. Ihre Beziehung wird womöglich daran zerbrechen. Wenn sie hingegen jetzt aus der Brasserie verschwindet, dann kann sie vielleicht noch etwas retten … Kann das Schicksal ihr nicht irgendeinen Wink geben? Sie glaubt an seine Zeichen. Hat immer schon daran geglaubt. An dem Tag, an dem sie ihn kennengelernt hat, im Lebensmittelladen von Monsieur Fontaine, ist genau in dem Moment, als sie einander vor dem Gemüseregal begegneten, im Radio ihr Lieblingssong gelaufen: ›Ma préférence‹ von Julien Clerc. Augenblicklich hat ihr Herz wie wild angefangen zu schlagen, sie hat die Äpfel fallen lassen, die auf ihn zugekullert sind, und wie in einer schönen romantischen Komödie war alles für ihre Liebe bereit, und es musste nur noch der Teppich mit den Rosenblättern ausgerollt werden. Ja, selbst ihre modernen Wahrsagereien, in die sie ihn manchmal einweiht, gefallen ihm, obwohl er ein sehr vernunftgelenkter Mann ist. Keine Frage, er ist wirklich der Richtige, er kann mit allem klarkommen.

»Du bist irgendwie komisch heute, mein Schatz. Ist alles okay?«, fragt er jetzt zärtlich.

»Wie …? O ja, alles bestens.«

Wieder beißt sie sich auf die Lippen. Sie konnte es noch nie leiden, wenn die Leute mit »Alles bestens«

statt nur mit »Ja« antworten. Sie mag die Freimütigkeit, die Einfachheit und die Kraft eines einfachen »Ja«, »alles bestens« findet sie dagegen pedantisch. Und jetzt schweift sie selbst in das Feld der Geziertheit ab. Auf seine nächste Frage wird sie dann wohl mit »wunderbar« antworten, nicht zu fassen, was so ein Teststäbchen mit einem macht!

Die Bedienung bringt die Speisekarte. Endlich! Obwohl … eigentlich ist sie gar nicht mehr hungrig. Sehr eigenartig, der Hunger ist ihr vergangen. Bestimmt hat sie sich zu viele Fragen gestellt. Sie vertieft sich trotzdem in die Karte, die mit rotem Kunstleder bezogen ist, passend zu den Sitzbänken und dem roten Samtvorhang am Eingang. Sie kann sich neuerdings ohnehin nie entscheiden. Alles macht ihr Appetit und stößt sie gleichermaßen ab. Sie wirft einen Blick auf den Nachbartisch, um sich inspirieren zu lassen, aber das macht es noch schlimmer. Sie starrt auf die Gemälde an den Wänden. Kühe. Gras. Soll sie ein Steak Tatar bestellen? Oder besser einen gemischten Salat?

»Und? Was willst du haben?«, fragt er und senkt die Karte, um sie anzusehen.

François kennt sie gut, er weiß, wie er sie aus ihrer Versunkenheit locken muss.

Was sie will? Sie will ganz schön viel! Ein Kind! Das man für immer hat, sogar über den eigenen Tod hinaus, denn ein Kind überlebt normalerweise seine Eltern. Nur:

Was, wenn sie es verlieren, es einen Unfall hat? Von dem Tod eines Kindes erholt man sich nie. Nein, das ist zu schwer, angesichts solcher Gefahren ein Kind großzuziehen, das wird sie nicht schaffen.

»Fleisch oder Fisch?«

Geduldig fragt er weiter. Und wenn er keine Antwort bekommt, wiederholt er sie, sucht immer wieder ihre Verbindung. Er ist der Antrieb ihres Zusammenlebens. Zum Glück gibt es ihn, sonst würde gar nichts passieren. Bis auf die Sache mit dem Plastikding vielleicht, aber gut. Ansonsten trifft er die wichtigen Entscheidungen, er kümmert sich um die Dinge, sorgt dafür, dass alles funktioniert. Da kommt der Ingenieur bei ihm durch. Er ist groß, gut aussehend, hat braune Haare und große Hände, die gut festhalten können und einen nicht loslassen, dazu hat einen kräftigen Körper, der jedem Sturm trotzt, und einen wachen Geist, der das Reale aus ihren Träumereien herauskitzelt und die Schätze darin entdeckt. Sie hat wirklich Glück mit ihm. Aber kann er das auch von ihr sagen?

»Lili? Fleisch oder eher Fisch?«, wiederholt er.

Weder noch. Mädchen oder Junge, das ist heute Abend die eigentliche Frage. Sie kann sich durchaus vorstellen, einen Sohn zu bekommen. Wenn alles schon anders wird und man ein anderes Wesen aus sich herauspressen soll, dann wäre es ihr lieber, dass es ein anderes Geschlecht hat. Dem müsste sie dann auch nicht die

Monatsblutung erklären, genauso wenig wie die Vorsichtsmaßnahmen, die man ergreifen muss, um nicht schwanger zu werden. Obwohl ... nein, sie wird ja wohl nicht in diese Falle tappen! Sie will keine dieser Frauen sein, die nur stolz auf ihr Kind sind, wenn sie einen Stammhalter hervorgebracht haben. Und wenn sie es sich recht überlegt, würde sie tatsächlich doch ein Mädchen vorziehen. Sie könnte ihrer Tochter alles beibringen, was sie selbst über das Leben weiß. Was, offen gestanden, nicht gerade viel ist. Aber für den Rest hätte die Kleine dann ja ihren tollen, klugen Vater ...

»Hallo-oo? Erde an Lili? Fleisch oder Fisch: Was möchtest du essen?«

Er wedelt mit der Hand vor ihren Augen herum. Ruft ihr so in Erinnerung, dass er ihr gegenübersitzt. Das macht er oft, um sie ins Hier und Jetzt zurückzurufen. Sein Winken ist ein sanftes Zeichen, ein Streicheln aus der Ferne. Ist sie hier bei ihm? Ja, also, sie glaubt es zumindest.

Sie wohnen zwar noch nicht zusammen, aber sie sind zusammen. Auch wenn sie sich das nie gesagt haben: »Ich bin mit dir zusammen.« Oder: »Wir sind zusammen.« Tatsächlich aber machen sie seit über einem Jahr alles zu zweit, sie haben gemeinsame Freunde, kennen die Familie des anderen, und einmal im Monat besuchen sie entweder ihre oder seine Eltern. Das hat schon fast etwas von einem eingespielten, routinierten alten

Paar. Ja, genau, das sind sie, ein Paar, eine Einheit mit vier Armen und vier Beinen. Wo der eine hingeht, zieht er den anderen mit. Ja, sie ist mit ihm zusammen. Aber ein Kind, das bedeutet eine gemeinsame Zukunft. Wird sie in wenigen Minuten noch mit ihm zusammen sein, sobald er es erfahren hat? Bisher haben sie eher von einem Tag auf den anderen gelebt, hatten keine konkreten Projekte, warteten einfach ab, was kam. Die miteinander verbrachten Stunden zogen einfach weitere gemeinsame Stunden nach sich, ohne dass sie es hinterfragten. Aber ein Kind ist eine Zukunft, man muss ihm Sicherheit geben, ein stabiles Zuhause. Wie wird er reagieren, wenn sie ihm die frohe Botschaft verkündet, wie man so schön sagt?

»Aurélie, mein Schatz, du musst doch einfach nur etwas zu essen aussuchen. Das ist keine Entscheidung, die dein ganzes Leben verändert«, sagt er jetzt mit einem geduldigen Lächeln. »Und außerdem können wir jederzeit wiederkommen und dann all die Gerichte probieren, die du heute nicht gewählt hast.«

Wenn er wüsste! Dass sie nämlich wirklich vor einer Entscheidung stehen, die ihr ganzes Leben verändert. Ach, sie macht die Dinge einfach nicht in der richtigen Reihenfolge. Aber gibt es im Leben überhaupt eine richtige Reihenfolge? Sie hat noch nie etwas so gemacht, wie es die breite Mehrheit tut. Schon als Kind hat sie sich die Zähne geputzt, bevor sie die Bonbons gegessen hat, das gehört zur Familienmythologie. Sie ist getaucht, ehe sie schwimmen konnte, hat Klavier gespielt, ohne die Noten zu kennen. Kurzum, die richtige Reihenfolge gehört seit jeher nicht zu ihren Stärken. Und mit der Schwangerschaft hat sie erneut den Karren vor die Ochsen gespannt statt umgekehrt. Sie bekommen ein Kind, bevor es ein gegenseitiges Versprechen gab. Ein Kind ohne Hochzeit. Ein kleines Wesen war unterwegs, obwohl sie noch nicht einmal zusammenwohnten. Was für ein Durcheinander. Ein einziges Chaos.

François ergreift ihre Hand. Sie zuckt zusammen, fast wie bei einem elektrischen Schlag.

»Du bist unsicher, ist es das? Ich versichere dir, dass man hier sehr gut isst. Ich war schon mal mit meinen Eltern hier. Sei unbesorgt, vertrau mir!«

Ja, genau das. Sie sollte ihm vertrauen. Das hat er verdient. Noch nie hat er sie angelogen oder hintergangen. Sie hingegen hängt ihm jetzt ein Kind an, hinter seinem Rücken, genau das ist es nämlich. Weil sie irgendwann die Pille vergessen hat. Er ist so rechtschaffen, so ehrlich. Sie kann ihm einfach nicht das Wasser reichen.

Was für eine Mutter sie wohl sein wird? Würde sie der Aufgabe wirklich gewachsen sein? In ihrer Jugend hat sie nie als Babysitter gejobbt; wie soll sie da mit den Fläschchen, den Windeln, den Babygläschen und den Tücken eines Kinderwagens zurechtkommen? Und sie ist Einzelkind, hat keinen kleinen Bruder oder eine kleine Schwester gehabt, mit denen sie hätte üben können. Noch nie musste sie sich um jemand anderen kümmern als um sich selbst.

Und François, als Vater? Wie das wohl wird? Mit seiner Brille, den langen schlaksigen Armen und Beinen? Er würde garantiert immer wissen, was zu tun ist, so viel ist sicher. Sein liebevolles Lächeln würde das Kind sicher beruhigen. Ja, sie wäre wahrscheinlich eine mittelmäßige Mutter, er hingegen ein fantastischer Vater. Ach, aber sie weiß ja gar nicht, ob es irgendwelche Krankheiten in seiner Familie gibt. Das hat sie ihn nie gefragt.

Stopp, genug herumgesponnen, Aurélie. Beruhige dich.

»Entschuldige«, sagt sie. »Ich muss mal für kleine Mädchen.«

Er nickt lächelnd. Sie nimmt ihre Handtasche und geht die Treppe hinunter zu den Toiletten.

Die Bedienung steht am Waschbecken. Mit einer eleganten, hübschen, perfekt aussehenden jungen Frau.

Sie flüchtet sich schnell in eine Kabine. Holt ihren Test aus der Handtasche. Die beiden blauen Striche sind immer noch da. Sie ist immer noch schwanger. Nichts hat sich geändert, die Realität ist immer noch dieselbe. Sie zieht den Pulli hoch und legt eine Hand auf ihren Bauch. Noch ist er ganz flach. Doch dadrin ist jetzt jemand, ein winziges Wesen. Was für ein Wahnsinn, bewohnt zu sein, und gleichzeitig diesem winzigen Wesen Schutzraum und Wiege bieten zu können. Ihre Hand wandert nach oben. Ihre Brüste sind in den letzten Tagen irgendwie voller geworden. Tatsächlich hat sie jetzt so richtig hübsche Brüste. Solche hatte sie noch nie. Das könnte ein Argument für ihn sein. Sie hört Geflüster.

»Es tut mir leid, Ihnen das erzählen zu müssen, aber er kommt oft hierher. Mit jungen Frauen, fast jede Woche eine andere. Ich finde, Sie sollten das wissen …«

Vor der Kabine fängt jemand an zu weinen.

Diskret verlässt sie ihre Kabine, ohne die Wasserspülung zu betätigen. Die beiden sehen sie eindringlich an.

»Entschuldigung, ich habe nichts gehört. Wirklich nicht. Das tut mir schrecklich leid«, stammelt sie und flüchtet die Treppe hoch.

Noch einer dieser absurden Sätze: Wenn sie nichts gehört hat, weshalb sollte es ihr dann leidtun? Sich so zu verstricken kommt doch einem Geständnis gleich.

Im Gastraum rempelt sie gegen einen älteren Mann, der mit seiner Frau schweigend zu Abend isst. Hoffentlich werden François und sie niemals so wie diese traurigen, etablierten Spießbürger. Sie entschuldigt sich unbeholfen. Sie wird alles kaputtmachen, so viel ist sicher. Sie stolpert zurück zu ihrem Tisch, setzt sich, sackt vielmehr auf ihren Stuhl, und würde am liebsten weinen.

François empfängt sie mit seinem gütigen Lächeln. Aurélie, atme, es ist nichts passiert, er weiß von nichts.

Sie muss dieses Bild von seinem friedvollen Gesicht vor dem Sturm in ihrem Gedächtnis abspeichern. Liebes Leben, ich brauche ein Zeichen. Und zwar schnell. Woher soll ich wissen, ob es gut ist, ein Kind mit ihm zu bekommen?

Noch nie wollte sie ein Kind mit jemandem bekommen. Sie hat diesen Drang nicht in ihren Eingeweiden gespürt, dieses Kribbeln im Bauch, das manche beschreiben, wenn der Frühling kommt oder ihre Beziehung ernster wird. Sie hat sich bei Familienfeiern auch noch nie auf die Säuglinge der anderen gestürzt und ist nicht gerührt, wenn man sie ihr für ein Foto in den Arm legt. Wäre das bei ihrem Baby anders?

Ist ihr alter Lebensmittelhändler an dem Tisch da drüben vielleicht das Zeichen, das ihr hilft? Wird sie wie er allein enden? Oder ist seine Anwesenheit ein Zeichen, um ihr das Kennenlernen in seinem Laden in Erinnerung zu rufen? Ein Zeichen, dass alles in Ordnung kommt? Ist ein Kind die logische Konsequenz dieses Auftakts, bei dem der alte Mann Zeuge war?

Und die Unterhaltung der beiden Frauen auf der Toilette, ist vielleicht das ein Zeichen? Um ihr zu zeigen, dass es da draußen jede Menge Mistkerle gibt und sie mit François ein so unglaubliches Glück hat? Sie müht sich ab, einen Sinn zu finden. Die Kompassnadel der Interpretationsmöglichkeiten dreht sich wie verrückt, sie ist viel zu nah am Pol.

»Ich habe Wein bestellt, während ich auf dich gewartet habe. Willst du ein Glas?«, fragt François.

»O nein, auf keinen Fall!«, ruft sie, viel zu laut.

Das Paar am Nebentisch dreht sich simultan zu ihr um. Verlegen senkt sie den Blick. Mist, sie hat weder ihre Reaktion noch die Lautstärke unter Kontrolle gehabt.

»Aurélie, ist alles okay?«

»Ja, also nein. Also, ich kann nichts trinken.«

»Du kannst nichts trinken …?«

»Nein, also ja. Ich kann Wasser trinken.«

»Willst du Wasser?«

»Ja. Bitte.«

Er schenkt ihr ein. Das Wasser rinnt ihr durch die Kehle, die Speiseröhre hinunter, sie spürt es in ihrem Inneren, es rinnt bis zum Baby. Sie gibt ihm quasi indirekt etwas zu trinken. So ist das. Und jetzt muss sie ins kalte Wasser springen. Ohne länger auf eine himmlische oder andersartige Unterstützung zu warten. Sie muss mit ihm reden.

Er wartet ganz geduldig, sieht sie entspannt an. Und dann sagt er diesen einen Satz, um das Geständnis in Gang zu setzen, die ermutigende Einladung, sich ihm anzuvertrauen:

»Aurélie, komm, sag mir, was los ist.«

»Okay … Also … was … was Großes ist los. Also … also, was richtig Großes … was zurzeit noch furchtbar winzig ist.«

So, es ist raus. Sie hatte es einfach und klar halten wollen. Und dann gestottert wie in der Schule.

Er nimmt keinen Anstoß daran.

»Okay, Aurélie. Kannst du vielleicht noch etwas präziser werden? Ich verstehe nicht genau …«

Sie beugt sich zu ihrer Tasche, nimmt das längliche Plastikstäbchen heraus, taucht wieder unter dem Tisch auf und hält es ihm hin.

»Hier! Ich … also, du siehst ja selbst …«

Er sagt kein Wort. Nimmt nur den Test entgegen. Blickt auf die beiden blauen Striche. Sieht sie an. Dann wieder die Striche. Und seine Augen füllen sich mit Tränen.

»Ist … ist das eine gute Überraschung?«, fragt sie mit zitternder Stimme.

Einen Moment lang presst er sich die Hände auf die Augen, wie sie es immer macht, wenn sie sich unsichtbar machen will, dann nimmt er sie wieder weg und sagt leise:

»Aurélie … Das ist eine *sehr* gute Überraschung!«

Erleichtert lächelt sie. Und sie weiß, dass alles gut werden wird. Mit viel Durcheinander, Ungeschicktheit und Hindernissen, aber es wird alles gut.

»Ich hätte Champagner bestellen sollen«, meint er.

»Den hätte ich auch nicht getrunken.«

»Ach ja, stimmt! Natürlich nicht!«

Er verstummt kurz, wohl, um dieses neue Leben zu

realisieren, von dem er wenige Momente zuvor noch keine Ahnung hatte. Ein Leben zu dritt. Eine Zukunft. Sie, er und ihr Kind.

»Verdammt, da musst du aber ganz schön hungrig sein! Und wir haben noch nicht gewählt. Jetzt werden wir uns endlich durch die Karte essen können. Denn wir werden hierher zurückkommen! Das müssen wir! Wenigstens einmal pro Jahr. O ja, wir werden immer hierher zurückkommen! Das ist absolut sicher!«

Und dann lacht er, laut und voller Glück, wie sie ihn noch nie hat lachen hören.

11

»Und? Hast du es der heutigen Favoritin gesteckt?«, will Cyril wissen, als Marion endlich von der Toilette zurückkommt.

»Sie hat einen Namen«, antwortet die junge Kellnerin kurz angebunden. »Auch dann, wenn eine auf die andere folgt, hat sie doch einen Namen. Sie heißt Zoé.«

»Okay, okay. Was hast du Zoé also gesagt?«

»Nichts. Oder vielmehr alles. Die Wahrheit.«

»Welche Wahrheit?«

»Ach, gibt es mehrere?«

Sie ist sauer. Das sieht man. Wutentbrannt stellt sie die leeren Weingläser von ihrem Tablett auf den Tresen, sodass sie klirrend gegeneinanderstoßen.

»Das ist wieder mal ganz typisch für euch Kerle! Eine Wahrheit am Morgen und eine andere am Abend. Eine Wahrheit für den einen, für den anderen eine andere. Eine Wahrheit im Winter, eine im Sommer …«

In diesem Moment, er weiß nicht, warum, legt sich bei ihm ein Schalter um. Alle Vorsicht und Sanftheit, all die Zensur, die er sich bis dato auferlegt hat, schießen hoch wie ein Champagnerkorken. Alle ihre Launen muss er sich nun wirklich nicht gefallen lassen!

»Bist du fertig?! Es wäre nett, wenn du mit deinem Schablonendenken über uns Kerle aufhören würdest, okay? Ich packe dich doch auch nicht mit allen Frauen in eine Schublade.«

Cyril holt tief Luft. Ja, auch er kann mal sauer werden. Er toleriert vieles, kann aber durchaus auch aus der Haut fahren. Dafür muss man ihm zwar ordentlich zusetzen, aber dann passiert es. Und sie hat ihm zugesetzt!

Das wird ihr jetzt klar. Sprachlos starrt sie ihn an, dann blickt sie wie ein kleines Mädchen verlegen auf ihre Füße und murmelt:

»Entschuldige.«

Nur ganz leise, aber sie sagt es.

Augenblicklich ist Cyril wieder ganz bei sich.

»Entschuldigung angenommen. Aber lass uns jetzt nicht aus einer Mücke einen Elefanten machen«, lenkt er ein. »Also, was hast du Zoé gesagt?«

»Dass er ständig mit anderen jungen Frauen hierherkommt.«

Cyril sieht zum Tisch des Typen aus Bordeaux hinüber. Entspannt tippt er auf seinem Handy herum, wirkt nicht die Bohne beunruhigt, dass Zoé so lange braucht; vielleicht ist er sogar gerade dabei, sich mit einer anderen zu verabreden.

»Und was passiert jetzt? Wo ist Zoé überhaupt?«

»Noch unten. Sie will nicht zurück.«

Marion ist kaum zu verstehen, sie blickt immer noch auf ihre Füße.

»Was hast du gesagt?«

Marion beugt sich ein bisschen über den Tresen.

»Zoé fühlt sich so erniedrigt, so in ihrer Würde beschmutzt. Auch wenn sie es schon vermutet hatte, tut es ihr trotzdem höllisch weh. Sie kann nicht aufhören zu weinen, und sie will nicht, dass er sie so sieht.«

Cyril nickt nachdenklich. Dieses Restaurant ist tausendmal besser als ein Theater, denkt er. Jeden Abend interpretieren sie mit den Gästen ein anderes Boulevardstück, mit einem Ende, das immer improvisiert werden muss. Dieses Mal hat sich also eine junge Frau auf der Toilette versteckt, ihr untreuer Liebhaber sitzt nichts ahnend am Tisch, der Mann hinter dem Tresen wird in alles eingeweiht, und die Kellnerin spielt die Botin und den Racheengel, obwohl keiner sie darum gebeten hat.

»Tja, also, dann müssen wir das Mädchen jetzt retten. Wir können schließlich nicht zulassen, dass sie sich auf der Toilette in eine Pfütze verwandelt«, scherzt Cyril liebevoll.

Marion entspannt sich. Sie hat nichts Unverzeihliches getan. Cyril ist nicht böse auf sie.

»Gut«, fährt Cyril fort, »sie will also, dass der Aufreißer sie nicht mehr zu Gesicht bekommt. Und damit das gelingt, muss sich jemand um ihn kümmern, während sie durch den Hinterausgang verschwindet. Schauen wir mal … Also, sie kommt die Treppe hoch, huscht bei mir hinter dem Tresen in die Küche und von dort in den Innenhof. Das heißt, es gibt nur einen brenzligen Moment, und das ist oben an der Treppe, die zwei Meter im Gastraum. Was ist dir lieber: Willst du ihn ablenken, oder willst du Zoé hinausbegleiten?«

»Ich rede nicht mit Arschlöchern!«

Umgehend ist Marion wieder auf hundertachtzig. Das ist echt verrückt, sie kann keinen Moment gelassen bleiben. Cyril nickt ihr beruhigend zu.

»Okay, dann kümmert sich meine Wenigkeit um ihn. Los geht's!«

Dankbar sieht sie ihn an. Gut, Pluspunkt für ihn. Das macht seine Aufgabe allerdings nicht leichter. Hinter seinem Tresen ist er der König, da kann ihm keiner was. Jetzt begibt er sich aber aufs offene Schlachtfeld. Und er mag ebenfalls keine Arschlöcher. Aber da muss er jetzt wohl durch. Er wird einen auf cool machen, wird die Karte der männlichen Komplizenschaft spielen.

Kurz spürt Cyril Marions Blick, bevor sie die Treppe zur Toilette hinuntereilt. Er legt sich wie ein Schutzmantel über seine Schultern und das verändert Cyrils Gang, er wird lässiger.

Am Tisch des Frauenhelden angekommen, räuspert er sich.

»Alles klar bei dir?«, fragt er. »Läuft alles nach Plan?«

Stirnrunzelnd sieht der Typ zu ihm hoch. Seit wann duzt mich dieser Barmann?, fragt er sich sicher. Cyril bemerkt, dass er seine Erinnerung danach absucht. Aber nicht fündig wird. In seiner Not hält sich der Typ daher an ein banales, seinen Tonfall imitierendes:

»Klar, Kumpel, und bei dir?«

»War's Essen okay? Hat's geschmeckt?«

»Ja, super, die Entenbrust, die ist hier immer klasse.«

»Ja, da kommt die Erinnerung an Bordeaux auf, was?«

Cyril schlägt dem Aufreißer freundschaftlich auf die Schulter, worauf der zusammenzuckt und unwillkürlich seinen Stuhl zurückschiebt. Diese Vertrautheit ist ihm vermutlich unangenehm. Cyril muss aufpassen, dass er es in seiner Rolle nicht übertreibt …

»Ähm, woher weißt du, dass …?«, fragt der Typ misstrauisch.

Sein Gesicht ist jetzt verschlossen. Aha, es gefällt ihm wohl nicht, wenn seine Fassade des perfekten Parisers einen Riss bekommt.

»Ach, ich habe zwangsläufig ein gutes Personengedächtnis, ich könnte als Türsteher in einer Disko arbeiten.«

Cyril stellt sich dumm. Die einzige Möglichkeit, wie dieser Arsch seine Überheblichkeit zurückerlangt und keinen Verdacht schöpft, besteht darin, dass er sich überlegen fühlt, also muss er, Cyril, sich zum Trottel machen.

»Weißt du, ich verbringe den lieben langen Tag hinter meinem Tresen, und wenn nichts zu tun ist, sehe ich mir die Leute an, dabei habe ich genug Zeit, um mir ein gutes Bild von ihnen machen, verstehst du? Und du bestellst immer einen Bordeaux und Entenbrust à la bordelaise, also habe ich mir gesagt, dass du vielleicht von dort kommen musst. Oder nicht?«

Es funktioniert. Der Typ grinst, lehnt sich lässig zurück. Ah, er hat es mit einem armseligen, nicht sonderlich schlauen Barkeeper zu tun.

»Ich bin tatsächlich in Bordeaux geboren worden. Ansonsten bin ich aber ein waschechter Pariser. Ich kenne die Stadt in- und auswendig.«

»Die Stadt und auch die Pariserinnen, was?«, platzt es, getrieben von einem unkontrollierbaren Drang, aus Cyril heraus. Und er unterstreicht es gekonnt und sehr effektvoll mit einem vielsagenden Zwinkern, wie das jeder großmäulige Aufreißer tun würde, der den Zuspruch von seinesgleichen sucht.

Der Typ aus Bordeaux wirft ihm wieder einen argwöhnischen Blick zu, das scheint ihm wohl ein bisschen zu direkt. Dennoch kann er der Versuchung nicht widerstehen, mit seiner Verführungskraft und seiner erlegten Beute vor Cyril zu prahlen.

»Dir kann man wirklich nichts vormachen. Ja, es stimmt, ich bin schon bei etlichen von ihnen gelandet. Man könnte sogar sagen, dass ich ziemlich viel Erfolg habe«, brüstet er sich mit einem triumphierenden

Lachen. Jetzt zeigt er keinerlei Pariser Snobismus mehr, ist einfach nur ein Macho, der mit sich selbst und seiner Macht über die Frauen zufrieden ist. Seine Eroberungen könne er in Wagenladungen zählen, das gibt er ganz großspurig zu. Cyril denkt derweil an Zoé, die auf der Toilette weint. Unmerklich verkrampft er sich.

In diesem Moment legt sich ganz sanft eine Hand auf seine Schulter. Cyril zuckt zusammen. Diese Hand würde er unter Tausenden ausmachen, obwohl sie ihn noch nie berührt hat. Augenblicklich breitet sich Wärme über seinen Rücken aus. Gepaart mit einem wohligen Schauer.

»Entschuldige, Cyril, ich bräuchte mal deine Hilfe …«

Damit hat Cyril seine gegenwärtige Rolle wieder im Griff. Er grinst den Typen an und rollt dabei die Augen, ganz im Stil eines sich allmächtig fühlenden Frauenhelden: Ach, diese Tussis, die ohne uns einfach nichts zustande bringen, irgendjemand muss sich der Ärmsten einfach annehmen. Danach dreht er sich schnell um und folgt ihr. Mit einem erleichterten Lächeln.

»Alles gut«, flüstert sie ihm am Tresen zu. »Zoé ist weg.«

Sie haben es geschafft! Mal sehen, wann der Kerl kapiert, dass sie ihn sitzengelassen hat. Und er spürt noch immer Marions Hand auf seiner Schulter. Er berührt die Stelle, ohne dass es ihm wirklich bewusst wäre. Eine Geste von ihr, endlich …

12
Poule au pot

Wie immer gibt sie vor, glücklich zu sein, schüttelt den Kopf, stellt ihr Lächeln und ihre Perlen zur Schau, lässt ihr Armband, die Kette und Ohrringe klimpern, wie ein weiblicher Troubadour oder eine Alleinunterhalterin.

»Wir nehmen einmal Hühnerschenkel mit hausgemachtem Püree und ein Tatar an Salat, Mademoiselle. Dazu eine Karaffe Saint Joseph.«

Julien hat selbstverständlich für sie beide bestellt. Das macht ihr nichts aus, sie ist es gewohnt. Außerdem nehmen sie hier immer dasselbe, weshalb ihm also das Wort streitig machen?

Ach, wie oft schon hat sie hier in diesem Restaurant am Canal Saint-Martin darüber nachgedacht: Soll sie sich der Realität stellen, einer ruinierten Ehe, der ohnmächtigen Einsamkeit, ihren vernichteten Träumen – oder aber alles tun, um den Schein zu wahren? Zu manchen Zeiten sagt sie sich, dass ihrer Wahl ein gewisser Edelmut innewohnt, ein außerordentlicher Respekt ihrem gegenseitigen Versprechen gegenüber, manchmal ist sie aber auch ganz ehrlich zu sich und denkt, dass ihre eheliche Parodie nur ihrer Feigheit und Bequemlichkeit geschuldet ist. Sie ist noch bei ihm, weil sie nicht mutig genug ist, zu der offensichtlichen Schlussfolgerung zu gelangen: Trennung, Auszug aus dem gemeinsamen Heim, Einsamkeit. Aber sie möchte einfach nicht allein enden, so wie der alte Herr am Nebentisch, der mit wer weiß wem spricht, obwohl ihm niemand gegenübersitzt. Nein, ein solches Schicksal will sie unter keinen Umständen haben, dem verweigert sie sich mit ihrem ganzen Sein.

Wie immer ist sie in die Polster der Bank eingesunken wie ein Croûton in der Suppe. Daran ist dieser Rettungsring schuld, der sich mit den Jahren um ihre Taille gelegt hat und nicht mehr verschwinden will. Mit dem schlanken Mädchen am Tisch nebenan kann sie so natürlich nicht mehr mithalten, keine Frage. Das muss sie aber auch nicht. Zumal es unfassbar ist, dass ihr Tischnachbar sich nicht schämt, mit einem so jungen Ding auszugehen. Er ist so alt wie Julien! Die Männer heutzutage haben wirklich keinen Anstand mehr. Was die beiden einander wohl zu erzählen haben? Sie haben doch nichts miteinander gemein, haben nicht dieselbe Lebenserfahrung ... bei einem solchen Altersunterschied kann ein Paar sich doch gar nicht verstehen!

Für den Restaurantbesuch hat sie einen marinefarbenen Rock mit weißer Bluse, darüber eine beigefarbene

Strickweste angezogen, das dem Status einer Arztgattin entsprechende Kostüm. Dabei hatte sie in ihrer Jugend einmal ganz andere Erwartungen an das Leben. Als junges Mädchen träumte sie noch von einem Leben voller leidenschaftlicher Liebe. Wie hatte sie den Sex mit ihm genossen! Ganze Nächte lang hatten sie sich geliebt, viele Wochenenden nur im Bett verbracht, um sich zu entdecken, sich aneinander zu berauschen und wieder von vorn anzufangen. Sie weiß, eigentlich gehört es sich nicht, bei Tisch an solche Dinge zu denken – aber sie hat all das nun mal erlebt.

Ja, es mag eigenartig klingen, wenn man sie so sieht, so wohlgenährt, gesetzt, mit ihren vielen Perlen und dem Dutt. Inzwischen ist sie zur Gefangenen dieser gutbürgerlichen Attribute geworden. An ihm ist die Zeit aber auch nicht spurlos vorübergegangen. Sein Anzug, seine Hemden, der Pullover mit dem V-Ausschnitt decken sich perfekt mit ihrem Erscheinungsbild. Dazu ist sein Haar schütter, und er ist ebenfalls etwas beleibter geworden. Durch all das Tatar mit Pommes frites. Er erklärt ihr zwar immer, als älterer Mensch dürfe man gern etwas mehr auf den Rippen haben, weil man so den Unbilden des Alters besser standhalten könne, seinen ärztlichen Empfehlungen schenkt sie jedoch schon längst keinen Glauben mehr.

Als sie ihn kennenlernte, war das noch anders. Damals praktizierte er bereits. Sie fand ihn unkonventionell und etwas linkisch, jedenfalls genau das Gegenteil seiner arroganten und selbstsicheren Kollegen. Eines Abends begleitete er sie nach Hause, sah dann vor der Tür ihres Wohnblocks aber nur schüchtern auf seine Füße, statt sie zu küssen. Tags darauf rief sie ihn deshalb einfach an, und weil er den Hörer nicht gut zuhielt, vernahm sie seinen überraschten, freudigen Schrei.

Damals ähnelten sie den beiden Verliebten da drüben. Sie waren genauso zögerlich und schweigsam gewesen, ganz überwältigt, endlich den Richtigen gefunden zu haben. Sie erinnert sich daran, wie sie in ihrer Verlobungszeit stundenlang händchenhaltend dasitzen und in die belangloseste Landschaft starren konnten.

Sie hatten rasch geheiratet. Eine Zeit lang widmete sie sich noch ihrem Architekturstudium, letztlich gab sie es aber auf. Viele Abende verbrachte sie danach mit Warten, das Essen war fertig, ihr Kleid makellos, die Schürze abgelegt. Beim Geräusch des Schlüssels in der Tür erzitterte sie. Voll Freude sprang sie dann auf, fiel ihm um den Hals, küsste ihn, und ihre Leidenschaft wurde stets erwidert. Lange ging das so. Bis irgendwann, ganz allmählich und zunächst fast unmerklich, seine Gefühlsausbrüche schwächer, seine liebevollen Gesten distanzierter wurden. Sie hatte das seiner Karriere zugeschoben, komplizierten Fällen, die gelöst werden mussten, dem sanften Herz eines jungen Mediziners, das noch nicht abgeklärt genug war. Geduldig hörte sie sich seine Erzählungen über Operationen, Behandlungen und Todesfälle an, ermutigte, tröstete, unterstützte ihn, viele Jahre. Bis sie schließlich nicht mehr länger die Augen vor seiner zunehmenden Wortkargheit verschließen konnte. Woraufhin sie das Reden übernahm. Sie erzählte von ihren Freundinnen, Nachbarn, den Kindern, als diese in ihrem Leben auftauchten, den Anrufen seiner alten Studienkollegen und wurde so zu einem angenehmen Hintergrundgeräusch, einem beruhigenden Singsang in ihrem gemeinsamen Leben. Ihr war sehr wohl bewusst, dass er ihr kaum zuhörte. Aber ihr eigenes Geplapper war für sie einfach erträglicher als die Stille. Ja, wenn sie ehrlich ist, so ist sie im Laufe der Jahre gegen ihren Willen zu einer Art mit Perlen geschmücktem Transistorradio geworden.

Und das ist sie auch heute Abend: Um die Unterhaltungen im Restaurant auszublenden, erhebt sie die Stimme, dreht ihren »Lautstärkeregler« nach oben. Sie gibt irgendwelche Plattitüden von sich, darüber, wie schön es doch sei, dass sie sich nach all diesen Ehejahren noch so viel zu sagen hätten, erzählt von Bekannten und Matthieu, dem ältesten ihrer drei Kinder, um den sie sich Sorgen macht, wenngleich nicht viel, schließlich ist er wie sein Vater, letztlich gelingt es ihm immer, sich aus der Affäre zu ziehen.

Wie üblich nickt Julien hin und wieder geistesabwesend, entgegnet aber kaum ein Wort. Wohin ist bloß der junge Mann verschwunden, den sie so sehr liebte? Was ist aus dem Liebhaber, dem besten Freund und Vertrauten geworden? In diesem ernsthaften, engstirnigen, schweigsamen Mediziner erkennt sie jedenfalls den Mann nicht wieder, für den sie alles geopfert hat.

Statt der Kellnerin hat ihnen der Barmann die Teller gebracht und ihnen wohl zu speisen gewünscht. Das hat ihr gefallen. Wenigstens einer, der noch was von guten Manieren versteht. Sie blickt sich im Gastraum um. Sie ist gern hier, denn hier fühlt sie sich jedes Mal als Teil eines großen Ganzen, vom Leben, der Liebe, und seltsamerweise bringt sie das immer zum Nachdenken und tröstet sie irgendwie. All die Pärchen um sie herum befinden sich an unterschiedlichen Punkten ihrer Liebesgeschichte: Die einen umkreisen einander noch, andere lernen sich gerade besser kennen, wieder andere ringen anscheinend darum, sich einander anzupassen. Julien und sie verkörpern dabei das Endstadium: das Absterben der Gefühle, die Vereinsamung trotz Zweisamkeit. Gut gekleidet sitzen sie erhobenen Hauptes an ihrem Tisch, doch in ihrem Inneren sind sie längst allein, ihre Gefühle sind ranzig, ihre Hoffnungen gestorben.

Einmal mehr überdenkt sie die Laufbahn ihrer Liebe auf der Suche nach der falschen Abzweigung, dem Fehler, dem Missverständnis, das die Desillusionierung eingeläutet hat. War es dieser Satz nach einem Kaninchen an Backpflaumen, das den ganzen Nachmittag über im

Ofen geschmort hatte? »Kochen ist das, was du am besten beherrschst; warum schlägst du dich seit Jahren mit dem schwierigen Studium herum? Ich verdiene doch genug für uns beide.« Das hatte sie damals nett gefunden, dabei hatte er vielleicht einfach nur ihre Intelligenz angezweifelt.

Oder war es die Geburt des dritten Kindes, bei der er nicht zugegen war? Als er um Mitternacht zu ihr in die Klinik kam, weil er noch eine Weile am Bett eines einsamen alten Mannes Totenwache gehalten hatte, hatte sie damals kurz gedacht, er zöge die Gesellschaft anderer der ihren vor, sich den Gedanken aber schnell verboten.

Womöglich hatte aber auch der attraktive Familienvater den Riss verursacht, der am Ausgang des Kindergartens immer auf sie gewartet hatte und den sie so einfühlsam und zugewandt fand. Sie hatten einander jeden Morgen bei einem Kaffee vom Leben erzählt, und als er dann von heute auf morgen aus ihrem Leben verschwand, hatte sie das in eine unergründliche Verwirrung gestürzt, angesichts dieses Gefühls plötzlichen Verlassenseins. Zum Glück hatte Julien nichts davon mitbekommen.

Ja, tatsächlich hatte es in ihrer Ehe viele Momente der Desillusionierung gegeben, sodass sie nicht zu sagen vermag, wann genau Sand ins Getriebe gekommen war. Wann hatte sie aufgehört, auf ihn zu warten? Ab wann hatte sie ihn bei seiner Rückkehr am Abend nicht mehr stürmisch begrüßt? Und wann genau hatte sie angefangen wie ein Wasserfall zu reden? Es war nicht dieses eine Sandkorn im Getriebe, es war die Summe all ihrer verunglückten Begegnungen.

Wieder sieht sie ihn an. Er sitzt ihr gegenüber, ohne sie wirklich wahrzunehmen. Er hört kaum zu, befragt man ihn aber zum eben Gesagten, dann antwortet er wie die Schüler, die routiniert den letzten Satz des Lehrers wiederholen können. Klug, wie er ist, streut er in ihre Monologe auch hin und wieder ein »Sehr gut, sehr gut« ein; es dient dazu, ihr seine Gegenwart in Erinnerung zu rufen und sie glauben zu machen, dass er ihr ganz und gar zustimmt. Dabei ist es ihm völlig egal. Ihre neue Frisur, neue Kleider, der Duft eines neuen schweren Parfums, nichts davon ruft irgendein echtes Lob hervor. Einmal ist sie sogar so weit gegangen, dass sie Strumpfhosen mit Laufmaschen, ein durchsichtiges, duftiges Oberteil und Pumps mit schwindelerregenden Absätzen angezogen hat – was er einzig mit einem »Du hast eine Laufmasche in deiner Strumpfhose«, »Ist dir nicht kalt?« und »Kannst du darin überhaupt laufen?« quittiert hat. Damals hatte sie über so viel Missachtung noch stundenlang geweint. Inzwischen bleiben ihre Augen trocken.

Sie denkt daran zurück, wie er vorhin über sein Tatar hergefallen ist. Als wäre er völlig ausgehungert, hatte er mit der Gabel in das blutige Fleisch gestochen, ein Stück abgeschnitten und es wie ein Raubtier verschlungen. Er kaut sehr lange. Um den Speichelfluss in Gang zu bringen, erklärt er ihr immer, denn das garantiere eine gute Verdauung. Vielleicht ist da was Wahres dran. Aber ihm dabei zuzusehen, widert sie trotzdem an.

Sie konzentriert sich auf ihren leer gegessenen Teller. Sie war hungrig gewesen. Und froh, dass sie sich ausnahmsweise mal nicht um das Abendessen kümmern musste. Der Hühnchenschenkel und das Püree hatten mal wieder köstlich geschmeckt … Sie hat bloß zu schnell gegessen. Sie wünscht sich, ihr Mund wäre noch voll. Sie liebt dieses Gefühl der Fülle, es tröstet sie, wärmt sie, denn Essen ist ihr Zufluchtsort … Das ist der Grund, weshalb sie zunimmt. Aber das ist ihr egal. Und ihm ist es auch egal.

Inzwischen hat sich seine Wortkargheit auch auf die Kinder ausgedehnt. Dennoch – oder gerade deswegen? – erfreut er sich nach wie vor ihrer Liebe und eines großen Ansehens bei ihnen, wie das auch früher schon war, während sie immer den undankbaren Part hatte, über die unordentlichen Zimmer, Outfits und Frisuren zu schimpfen, ihre Noten anzusehen, Schulhefte zu kontrollieren und Hausarrest zu erteilen, kurz gesagt, all die schwierige Erziehungsarbeit zu erledigen. Seit die Kinder erwachsen sind, tragen sie die Komplizenschaft mit ihrem Vater oft auch auf ihrem Rücken aus, machen sich über sie lustig, über eine Anspielung, die sie nicht begriffen, einen Witz, den sie nicht verstanden hat. Denn sie hat keinen Studienabschluss, wohingegen ihre drei Kinder allesamt Medizin studiert haben. Sie schreiben es den väterlichen Genen zu, aber nie bedenken sie, dass das dank ihr und ihrer aufopfernden Betreuung und Fürsorge möglich war. Sie bleibt die Idiotin, die Königin des trauten Heims, die man liebt, aber nicht achtet.

Sie hätte gern noch etwas von dem hausgemachten Püree gehabt, damit sich der Restaurantbesuch möglichst in die Länge zieht. Essen ist womöglich das letzte irdische Vergnügen, das ihr noch bleibt, deshalb will sie es möglichst lange auskosten. Als die Kinder noch im Haus waren, hat sie das Kartoffelpüree manchmal aus der Tüte gemacht. Gibt man etwas mehr Flocken dazu als auf der Verpackung angegeben, kann es durchaus den Eindruck erwecken, als wäre es ein echtes Püree, zubereitet aus frischen Kartoffeln. Das hat ihre Familie natürlich nicht gemerkt. Das hier im Restaurant, das ist dagegen richtiges Kartoffelpüree. Was für ein Genuss! Und ein Glücksmoment, den nicht sie erst erschaffen muss.

In ihrer Ehe hat sie immer für ihr Glück sorgen müssen. Sie hat sich immer um alles gekümmert, um das Ausgehen, die Einladungen, ihr ganzes gesellschaftliches Leben. Während des ersten Jahres als verheiratetes Paar hatte es neue Restaurants gegeben, Wochenenden am Meer, nächtliche Spaziergänge durch Paris. Sie hat noch bewegende Erinnerungen an die Closerie des Lilas, an einen hervorragenden Crêpe, den sie an einem Septemberwochenende in Le Touquet-Paris-Plage zu den Klängen eines Akkordeons gegessen hatten, an einen leidenschaftlichen Kuss in den Überresten des Amphitheaters des römischen Lutetia, wo sie heimlich über den Zaun geklettert waren … Danach so gut wie nichts mehr. Oder doch: Ab und an waren sie noch essen gegangen, an Geburtstagen und wichtigen Jahrestagen, weil es den Konventionen entsprach. So wie der heutige Abend. Überraschungen waren gänzlich aus ihrem Leben verschwunden. Sie kann es nicht an einem bestimmten Punkt festmachen, aber irgendwann wurde das von allen ohne ihr Einverständnis einfach so akzeptiert. Freunde und Familie riefen immer sie an, um zu erfahren, ob das Paar Zeit hatte. Selbst seine Freunde und Studienkollegen. Du weißt ja, er geht nie ran. Also hatte sie seinen Terminkalender gefüllt und ihr gesellschaftliches Leben organisiert, ganz allein.

Sie nimmt einen Schluck Wein. Sie mag schwere Rotweine, und dieser Saint-Joseph ist exzellent. Er steigt einem schnell zu Kopf, und das ist genau das, was sie an diesem Abend braucht. Auf dem Glasrand ist der Abdruck ihres Lippenstifts zu sehen, sie hat ihn heute erst gekauft, trägt ihn zum ersten Mal, die Verkäuferin hat erklärt, das sei die Farbe der Saison; wenn sie ehrlich ist, dann findet sie den Farbton sehr dunkel und für ihr Alter zu exzentrisch. Sie hätte sich lieber an das klassische Rosa halten sollen, das sie sonst immer trägt. Was hat sie da nur wieder mal geritten?

Sie lässt ihren Blick durch das Restaurant schweifen. Als diese Frau vorhin in der Ecke aufgestanden war, hat sich Julien gleich zu ihr umgedreht. Was sie einmal mehr richtig aufgebracht hat. Denn ihr Abendessen soll nicht wieder durch einen seiner Einsätze vermasselt werden, auf die er sich so gut versteht und bei denen er immer den Helden spielt. Das ist ihr Abend, er gehört ihr ganz allein. Diese Momente der Zufriedenheit haben einen solchen Seltenheitswert in ihrem Leben, dass sie sich den auf keinen Fall nehmen lässt.

Unwillkürlich greift sie zu ihrem Messer und attackiert den Hühnchenknochen, der als Einziges noch vor ihr auf dem Teller liegt.

Julien sammelt Matrjoschkas. Das erstaunt vielleicht, nicht wahr, dass ein rational denkender Arzt so etwas macht. Hinten in seiner Praxis, in dem kleinen privaten Waschraum, hat er seine Sammlung aufgereiht. Er hat mehrere Dutzend davon. Die schönsten sind der Größe nach aufgestellt, von der größten bis zur kleinsten. Dabei hat er gar keine russischen Wurzeln, ihre Schwiegereltern stammen aus der Vendée. Nein, sie kennt den Mann, mit dem sie seit über zwei Jahrzehnten verheiratet ist, nicht wirklich.

Sie ist immer noch hungrig. Unter dem Hühnerknochen ist noch ein winziges bisschen Soße zum Vorschein gekommen. Sie nimmt sich ein Stück Brot aus dem Korb, bricht es in kleine Stückchen. Sie mag das Knäuschen gern, leider hat ein Baguette nur zwei davon ... jeweils am entgegengesetzten Ende ... weit voneinander entfernt. So wie Julien und sie ... Diese Tiefe haben ihre Gedanken also bereits erreicht, die Qualität ihrer Assoziationen: Sie vergleicht sie beide mit zwei weit voneinander entfernten Enden eines Baguettes. Nicht zu fassen! Sie sticht mit ihrer Gabel in die Kruste, beschreibt damit Kreise auf ihrem Teller, damit sich die Krume vollsaugen kann – und schiebt sie sich dann mit den Fingern in den Mund. Schockiert es ihn? Sie sieht auf, erkennt in seinem Blick eine leichte Irritation. Es ist ihr aber völlig egal, was er über sie denkt. Nur Negatives, so viel ist sicher. Da ist nichts mehr zu retten.

Da ist sie sich sicher, denn sie hat in den letzten Jahren vieles versucht. Eines Abends hat sie zum Beispiel einfach nichts gekocht. Als er mit seiner unvergänglichen Nonchalance nach Hause kam, war der Tisch nicht gedeckt, und sie sah, wie ein besorgter Schatten über sein Gesicht huschte. Zaghaft schlug er ein Restaurant vor. Damit kam er noch mal gut davon. Tags darauf wiederholte sie ihren kulinarischen Streik. Er machte ihr denselben Vorschlag. Fünf Tage lang hielt sie das durch, dann hatte sie eine unbändige Lust auf eine selbst gemachte Omelette. Er lächelte zufrieden, als er seine bestickte Serviettentasche auf dem Tisch liegen sah.

O ja, sie hat gekämpft – doch er hat allem getrotzt, ihren Wutanfällen, Heulkrämpfen, hasserfüllten Vorwürfen, ihrem Zerschlagen des Porzellans. Nichts hatte auch nur irgendwas an seinem Verhalten verändert. Wenn sie beschreiben müsste, wie ihm das gelungen war, dann würde sie sagen, dass er einfach abwartete, bis sich ihre Gefühlsstürme verzogen hatten. Was schließlich auch immer geschah.

Er will abends einfach nur an einen einladenden, ruhigen Ort zurückkommen, hat er ihr einmal gesagt, in einem der seltenen Momente, in denen er den Mund dann doch aufbekam. Warum muss sie also immer alles so kompliziert machen? Ganz einfach: Weil sie sich nicht mit der Realität und dem Alltag begnügen kann. Weil sie nach Dingen verlangt, die nicht zu erfüllen sind, Träume hat, die nicht realisiert werden können. Besser wäre es, gar nicht erst zu träumen und einfach zu leben. So wie er.

Sie sieht auf ihren Teller hinunter. Sie hat ihn mit dem Brot so sauber gewischt, dass man ihn nicht mehr abwaschen müsse, wie ihre Großmutter früher immer sagte. Sie wird ein Dessert nehmen. So schnell darf der Abend nicht vorbei sein. Sie will noch nicht nach Hause gehen, nicht in ihr Leben zurückkehren. Es ist Donnerstagabend. Morgen Vormittag steht der Hausputz an, und nachmittags ist sie auf einen Tee bei Michelle verabredet. Und am Abend beginnt dann das Wochenende. Das läuft immer gleich ab. Er ist müde von der Woche, weshalb sie am Samstag nur den wöchentlichen Einkauf machen. Am Samstagabend haben sie dann Gäste oder sind selbst irgendwo eingeladen. Diesen Samstag gehen sie zu den Lesourd. Am Sonntag steht oft ein Flohmarktbesuch auf dem Programm, das Sonntagsessen, Roastbeef, Kartoffeln, grüne Bohnen und zum Nachtisch eine beim Konditor gekaufte Baisertorte mit Eis, und anschließend Mittagsschlaf und ein Spaziergang im Wald. In Fontainebleau oder Vincennes. Mit den Kindern, falls sie Zeit haben.

Und danach?

Wofür will sie eigentlich die Jahre verwenden, die ihr noch bleiben? Die Kinder sind aus dem Haus, haben sie mit ihm allein gelassen. Sie kommen immer mal wieder mit ihrer Schmutzwäsche und leerem Magen vorbei, dann wäscht sie, bügelt, kocht und füllt Tupperdosen zum Mitnehmen. Solche Tage liebt sie, aber das erfüllt noch kein Leben. Irgendwann kommen sicher Enkelkinder, doch bis dahin dauert es noch etwas. Sie könne doch etwas mit ihrer freien Zeit anfangen, hat er ihr geraten. Aber »frei« ist ein Wort, mit dem sie nichts verbindet, im eigentlichen wie im übertragenen Sinn. Sie war niemals frei, von der Fuchtel ihres Vaters hat sie sich unter die ihres Mannes und dann die ihrer Kinder begeben. Sie war ihnen allen einfach nur immer zu Diensten, hatte all ihre Erwartungen erfüllt. Und für Kunst interessiert sie sich nicht, deshalb wird sie jetzt nicht anfangen, Museen oder Theater zu besuchen, wie das all die anderen Arztgattinnen tun. Sie hat auch kein Händchen fürs Basteln und will weder nähen noch Bilder rahmen. Kurzum, sie hat nichts Eigenständiges. Daher weiß sie nicht, wer sie ist, fühlt nur noch eine schreckliche Leere.

Ach, sieh an, die Bedienung bringt sein zweites Gericht, das Entrecôte. Was ist heute nur in ihn gefahren? Er ist doch sonst immer so konventionell, hält sich an die Regeln, und dazu gehört nun mal kein zweiter Hauptgang. Oder geht es ihm heute vielleicht so wie ihr, und er will auf keinen Fall schon nach Hause?

Sie sieht, wie er zufrieden, fast schon ein kleines bisschen provokativ, seine Gabel in das schöne Stück Fleisch spießt. Und sie spürt, wie übel sie es ihm nimmt. Weil er das macht, was sie auch gern machen würde. Denn, um ganz ehrlich zu sein, sie könnte vor dem Dessert durchaus noch eine Lasagne verspeisen. Er hat sich die Freiheit genommen. Die Freiheit, das Leben zu genießen, die sie sich nicht gestattet. Sie wollte ihm immer gefallen. Sie hat unter seinem Blick gelebt. Sie hat sich dem angepasst, was er von ihr erwartete. Oder zumindest glaubte sie das immer. Denn vielleicht erwartete er ja auch gar nichts von ihr. Wollte nur, dass sie glücklich ist. Dass auch sie ein Leben hat und es genießt. Ihr eigenes.

Sie ist neidisch, ja, genau, das ist es, so hart sie diese Erkenntnis jetzt auch trifft. Jetzt kann sie es benennen:

Sie neidet ihm, dass er sein Leben genießt. Und ist sauer auf sich selbst, dass sie es ihm nicht gleichtut. Das und nichts anderes ist es.

13

»Und? Hat sich der Arzt an Tisch 6 über sein Entrecôte gefreut? Und wie hat seine Frau reagiert?«, fragt Cyril, als Marion an den Tresen zurückkommt.

»Sie hat ziemlich griesgrämig geschaut. Futterneid, würde ich sagen.«

»Was?«

Sie verstehen einander kaum. Der Geräuschpegel ist zu dieser Zeit nahezu unerträglich. Die Zungen der Gäste sind durch den Wein gelockert und flink, der Geist glaubt dasselbe von sich, Anekdoten, Witze und Gelächter sprudeln nur so durch den Raum. Cyril beugt sich über den Tresen, um Marion besser zu verstehen. Gern würde er die Arme zu ihr ausstrecken. Er fände es schön, würde sich die Geste von vorhin, die Hand auf der Schulter, in etwas anderes verwandeln, in ein sanftes Streicheln vielleicht. Er möchte eine Verlängerung dieser vielversprechenden Andeutung. Es nicht dabei belassen. Für einen Moment betrachtet er sich dabei wie von außen, seinen Oberkörper, als würde er aus einer Kiste herausspringen, wie ein Clown, ein Kasper – kommt sich lächerlich vor.

»Sie missgönnt ihm seinen zweiten Hauptgang«, stellt Marion klar, artikuliert es sehr laut.

Cyril beugt den Oberkörper noch mehr in ihre Richtung, der Tresen drückt gegen seinen Bauch, jetzt kommt er sich wirklich wie ein Kistenteufel vor, eine absolute Witzfigur. Aber er will einen Blick auf das Ehepaar erhaschen.

»Aber hallo, hat der einen Appetit! Seine Patienten haben ihn wohl hungrig gemacht.«

»Und durstig. Er hat auch noch eine zweite Karaffe Rotwein bestellt. Also hopp, an die Arbeit!«

Marion lacht, ihr Gesicht ist ihm jetzt ganz nah. Cyril packt eine unbändige Lust, ihren Kopf mit beiden Händen zu umfassen. Über die blonden Haare zu streichen. Ihre leuchtenden Augen zu küssen. Ihre Lippen. Und ihren Hals … Stopp, Cyril, ruft er sich zur Ordnung, bloß nichts überstürzen, stell deine Füße wieder fest auf den Boden, komm zurück in die Realität.

»Du hättest mal sehen sollen, wie die Frau Gemahlin aus der Wäsche geschaut hat, als er auch noch den Wein bestellt hat«, fügt sie kichernd hinzu.

»Das kann ich mir vorstellen. Ganz im Stil einer Lehrerin, die einem einen Klaps auf die Finger verpasst, wenn man sich nicht an die Regeln hält.«

»Genau so!«

»Solche Leute sind meist ganz schöne Tyrannen. Die nehmen sich oft heraus, für den anderen sämtliche Entscheidungen zu treffen und das Kommando zu übernehmen. Das sieht man ihnen beim Kennenlernen erst mal nicht an, aber sie verkorksen einem das Leben so richtig.«

Unvermittelt wirft sie ihm einen eigenartigen Blick zu. Das Leuchten ist aus ihren blitzenden Augen verschwunden.

»Ja … genau das ist es …«

Er hat ins Schwarze getroffen. Das ist ihr wunder Punkt: Sie hat irgendeine üble Geschichte mit Macht und Kontrolle erlebt, und wenn man das hinter sich lässt, hat man so wenig Selbstwertgefühl, dass so eine Beobachtung einen ganzen Strudel an schmerzhaften Déjà-vus auslösen kann. Das kennt Cyril auch. Das ist ihm auch schon einmal passiert, und er musste sich ganz schön abstrampeln, um sich wieder aus dem Loch herauszukämpfen. Das haben sie also gemein.

Ob sie eines Tages wohl darüber sprechen werden? Er hat keine Ahnung. Es gibt einfach Dinge, die gestehen Paare einander nicht. Man möchte den anderen nicht unbedingt wissen lassen, dass man gedemütigt wurde und zugelassen hat, als Schuhabstreifer benutzt zu werden. Erst recht nicht in der Anfangszeit. An der Schwelle zu einer neuen Liebesgeschichte präsentieren wir uns stolz, unbescholten, unbestechlich. Nichts würde uns dieses Mal etwas anhaben können, das haben wir uns auf die Fahnen geschrieben. Wir haben unser Lehrgeld bezahlt, als uns die Augen geöffnet wurden. Wir tappen nie mehr in dieselbe Falle. Schließlich muss es für etwas gut sein, durchs Feuer gegangen zu sein. Wir haben den Schmerz nicht überwunden, um erneut zu scheitern. Nein, sie beide würden wissen, wie sie diese Klippen zu umschiffen haben.

Er beobachtet Marion, wie sie zwischen den Tischen hindurcheilt, hier eine Bestellung entgegennimmt, dort lächelnd die Dessertkarten verteilt, berät, in die Küche läuft, wenn die Klingel ertönt, vorsichtig die Teller mit den Crêpes zu den Gästen balanciert. Kurzum, sie hat alles im Griff. Sie hat Riesenfortschritte gemacht, seit sie hier ist, es sieht fast so aus, als arbeite sie schon seit zig Jahren als Kellnerin, nicht erst seit ein paar Wochen, sie hat inzwischen sogar ihre eigenen kleinen Ticks, wie sie zum Beispiel die Speisekarten unter dem Arm trägt, wie die Mappe eines Ministers, dazu diese ausladenden, eleganten Gesten, mit denen sie die Tische abwischt. Er hingegen hat in der Zeit, in der sie nun schon hier arbeitet, nur Trippelschritte gemacht, was seine Liebe zu ihr betrifft. Er lauert immer noch ihren Worten auf, lächelt ihr zu, wenn sie glücklich ist, streift über ihre Fingerspitzen, wenn er ihr ein volles Glas reicht, fantasiert darüber, wie sich ihre Hand auf seiner Schulter in eine lange Umarmung verwandelt … So langsam muss er wirklich mal einen Gang zulegen.

Sie kommt zurück. Er atmet tief durch, will seinen Vorsatz mutig in die Tat umsetzen, da kommt sie ihm mit einer sehr persönlichen Frage zuvor.

»Glaubst du eigentlich an ein glückliches Leben als Paar?«

O ja, auf jeden Fall!, würde er auf der Stelle gern rufen, vielleicht glaube ich nicht an das Paar als solches, aber an unser beider Glück schon!

Aber das ist natürlich etwas hochtrabend. Wenn nicht gar kitschig. Kurz, es ist zu viel. Also sagt er lieber nichts. Und so sehen sie sich beide nur schweigend um, vermeiden es, einander anzusehen. Ihre Blicke wandern von Tisch zu Tisch, von einem Pärchen zum nächsten. Verweilen hier und da, kehren wieder zurück. Hier vor sich haben sie die unterschiedlichen Versionen dessen, was sie beide werden könnten. Und das lässt sie, für den anderen unmerklich, erzittern.

14
Cordon-bleu et spaghettis au beurre

Sie sitzt mir gegenüber. So jung, so schön.

Man hält uns für ein Paar. Zumindest wirft mir die Frau am Tisch neben uns entsprechend missbilligende Blicke zu. Wie schmeichelhaft. Es stimmt schon, ich könnte mit Mädchen ihres Alters ausgehen. Dabei sollten Sie, Madame, wissen, dass meine Frau in etwa so alt ist wie Sie. Und ich seit Jugendzeiten mit ihr glücklich bin: Ich kenne sie, sie kennt mich, ich liebe sie, sie liebt mich, zumindest glaube ich das, ich muss daher nicht einen auf jungen Mann machen. Nur ein würdevolles und wahrhaftes Leben führen. Genau wie Sie, wenn ich das so sagen darf.

Wissen Sie, Madame, die junge Frau mir gegenüber war nicht größer als mein Unterarm, als ich sie vor langer Zeit zum ersten Mal in meinen Armen gehalten habe. Ihr winziger Kopf mit dem weichen Flaum lag in der Beuge meines verkrampften Ellbogens, ihre Wollsöckchen kitzelten meine Haut, und ich hatte furchtbare Angst, sie fallen zu lassen. Ihre kleinen Finger waren so langgliedrig, die Augen von einem dunklen Blau, das später zu einem Haselnussbraun wurde. Sie war so zerbrechlich. So winzig. Und so perfekt.

»Nur nicht so zimperlich, Monsieur, Sie können ruhig zupacken, sie zerbricht schon nicht.«

Zu gerne hätte ich dem Gynäkologen in dem Moment die Leviten gelesen. Denn ich hatte unwillkürlich geschluckt, als der meiner Kleinen einen Klaps auf den winzigen Po gegeben hatte, und dabei war ein Satz in mir aufgestiegen, aufgetaucht aus dem Nichts, etwas völlig Unbekanntes, noch nie Gedachtes: *Keiner tut meiner Tochter ein Leid an!*

Ich war Vater geworden und musste und wollte dieses winzige Wesen mein Leben lang verteidigen.

Damals ahnte ich nicht, dass ich noch viele Male Lust haben sollte, diesen Satz zu wiederholen. Dass er mir auch heute Abend auf den Lippen brennen würde. Dieser lächerliche Satz, der aus mir eine Karikatur des männlichen Beschützers und engagierten Übervaters macht.

Denn sie ist verliebt, meine Tochter ist verliebt. Das erkennt man an ihren rosigen Wangen, ihren glänzenden Augen, so als würde Mutter Natur alles daransetzen, sie noch hübscher aussehen zu lassen, als sie eh schon ist. Hervorgelockt für einen Idioten.

Mir ist bewusst, dass ich alle deine männlichen Freunde für erbärmlich, bescheuert und armselig halten werde. Schon der erste musste einiges über sich ergehen lassen, obwohl er rückblickend gar nicht mal so übel war. Er war etwas linkisch, schnöselig und hatte eine große Nase. Alles in allem war er aber ganz nett. Der junge rothaarige Mann an dem Tisch, der zum Canal Saint-Martin hinausgeht, erinnert mich an ihn: Er wirkt etwas unbeholfen, verängstigt, sucht nach Worten, und doch ist er sehr berührend. Ganz im Gegensatz zu deinem »festen« Freund, wie du ihn neuerdings gerne bezeichnest. Was das »fest« betrifft, das kann ich bestätigen: Noch nie habe ich einen jungen Mann kennengelernt, der so festgefahren ist in der Mittelmäßigkeit seiner Gedanken, Ambitionen und seiner Liebe zu dir. Warum hast du ausgerechnet ihn gewählt? Warum schenkst du diesem Flegel deine Anmut?

Er verkennt doch völlig deine Gaben. Schlimmer noch, sie sind ihm völlig egal. Dieser Kerl ist so was von blasiert und von sich eingenommen! Und du bist weder die Erste, noch wirst du die Letzte sein. Er zeigt das selbstsichere Grinsen eines Vielfraßes, bei dem sich eine Eroberung an die andere reiht, in einem schwindelerregenden Kreislauf. Du bist einfach nur eine weitere Nummer für ihn, schließlich hat der Herr seine Bedürfnisse. Mit deinem Vertrauen und deiner Unerfahrenheit ist dir das leider noch nicht klar. Stattdessen erfüllt dich ein Lächeln von ihm mit Freude, und rümpft er nur einmal die Nase, vermiest dir das den ganzen Tag. Merkst du denn, dass er deine emotionale Schön- und Schlechtwetterlage bestimmt?

Und ich kann nichts daran ändern. Ich sehe schon die vielen Stunden unseres elterlichen Umhegens, dein Lachen und deine glückliche Kindheit in den Händen dieses Rüpels enden, der all das einfach zermalmt. Ach, was gäbe ich darum, dass du dein wertvolles Wesen und deine einzigartige Geschichte einem anderen anvertraust! Er weiß nichts von all den vergangenen Tagen, in denen wir dich umsorgten, unterstützten, förderten und wachsen ließen. Nichts von all unseren gemeinsamen Gesprächen, Mahlzeiten, Spaziergängen, Vorlese- und Spielstunden, Ferien, Familienfeiern, Küssen, Badezeiten und Tennisstunden, die dich zu genau der gemacht haben, die du heute bist. Von all dem hat er keine Ahnung. Gut, okay. Vor allem aber will er von diesem Schatz auch gar nichts wissen.

Was also tun? Dich mit allen Mitteln daran zu hindern, ihn zu sehen, triebe dich jedenfalls erst recht in seine Arme, würde ihm noch mehr Gewicht verleihen, als er ohnehin schon hat. Also frage ich bloß vorsichtig:

»Wie geht's Renaud?«

Renaud, allein schon dieser Vorname! Da kommt mir immer dieser alternde Liedermacher in den Sinn, mit all seinen Alkoholexzessen. Und vor allem ein *renard*, ein hinterlistiger Fuchs.

»Gut, sehr gut sogar. Er hat bei der Juraklausur super

abgeschnitten. Wir haben nächtelang zusammen gelernt.«

Natürlich, das war ja vorauszusehen. Dieser Vampir benutzt deine Intelligenz, um sein Studium der Rechtswissenschaften zu bestehen. Dabei hat er überhaupt keine Ahnung, was Recht ist. Sonst wüsste er, dass er keinerlei Recht besitzt, dich auszunutzen, zu hypnotisieren, auch nur mit dem kleinen Finger zu berühren.

»Oh, das ist wunderbar. Zusätzlich zu deinem Literaturstudium nebenher auch noch Jura zu büffeln und ihm das alles zu erklären, das ist beeindruckend! Ich bin stolz auf dich … äh, ich meine, auf euch.«

»Papa, hör schon auf! Renaud kommt auch sehr gut ohne mich zurecht. Mich interessiert einfach nur alles, was ihn beschäftigt. Ich will es verstehen, weißt du, teilhaben an dem, wofür er brennt.«

Aber er brennt doch für nichts, mein Schatz, genau das ist doch das Problem! Du glaubst, er sei geistreich, ein Intellektueller, dabei ist er innerlich komplett hohl. Er hat keinerlei Ambitionen, keine Pläne, darum baut er auf deine Hilfe, denn du verschaffst ihm damit eine Zukunft. Und wenn er dann alles aus dir ausgesaugt hat, was er braucht, wird er dich verlassen, ohne einen Blick zurück. Aber wir werden da sein, deine Mutter und ich, das ist alles, was ich dir versprechen kann.

Vor ein paar Wochen habe ich ihn nämlich dranbekommen, diesen Arsch. Es war in unserem Ferienhaus. Du und deine Mutter, ihr habt noch geschlafen, während er sich zu mir ans Kaminfeuer drängte, das ich angezündet hatte, um schon mal das Esszimmer zu erwärmen. Mit seinen blauen Lippen, den zerzausten Haaren und den vor Kälte schlotternden Schultern schien er seine sonst zur Schau getragene Überheblichkeit verloren zu haben. Das oder nie war der Moment, ihm auf den Zahn zu fühlen. Ich hielt ihn für verletzlich.

»Was für Absichten haben Sie eigentlich mit meiner Tochter?«, fragte ich ihn wie nebenbei, während ich ein weiteres großes Holzscheit in den Kamin legte.

»Wow! Am frühen Morgen schon solche Fragen.«

Instinktiv machte er einen Schritt zurück, blickte mich gleich darauf aber mit seinem typischen Grinsen an, das meine Tochter zum Schmelzen brachte, mich hingegen immer verkrampft und angespannt machte.

»Ah, funktioniert Ihr Gehirn erst ab einer bestimmten Tageszeit?«

Auch ich konnte mich durchaus der Ironie bedienen, wenn es sein musste.

Kurz zog er die Augenbrauen hoch, dann fläzte er sich mit der großen Wolldecke auf unser Sofa.

»Keine Sorge, ich habe keinerlei Absichten, was Ihre Tochter betrifft. Denn falls Sie es nicht wissen sollten: Sie ist es, die mich angebaggert hat.«

Natürlich, die Passivität als Standarte. Er, das arme Opfer all der Mädchen, die es auf ihn abgesehen haben, die ihn verfolgen, ihn begehren. Ich kann nichts dafür, ich will die Mädchen ja gar nicht verführen, sie fressen mir einfach aus der Hand, ohne dass ich auch nur einen Finger rühre. Und meine Tochter ist einfach nur eine davon.

»Wissen Sie, ich nehme die Tage, wie sie kommen. Es macht nämlich überhaupt keinen Sinn, irgendwelche Luftschlösser für die Zukunft zu bauen.«

Wer hätte das gedacht? Die Philosophie eines Zauderers. Die Ideologie eines Faulenzers. Die Moral eines Opportunisten. Was für ein Diskurs!

»Das mit den Zukunftsplänen ist nämlich so ein Spleen Ihrer Generation: Karriere machen, heiraten, einen Kredit aufnehmen, Kinder bekommen, ein Ferienhaus kaufen ...«

Nur weiter so, Jungchen, schlag mir ganz ungeniert mein Alter um die Ohren. Respekt vor dem Vater der Freundin zu haben, ist wohl noch so ein Spleen, den nur wir alten Säcke haben.

»Interessant. Dennoch scheinen Sie ganz zufrieden, unser Ferienhaus nutzen zu können, wenn mich nicht alles täuscht.«

»Ja, das ist ganz cool.«

Wen wundert's: Nicht mal ein Dankeschön für unsere Einladung kommt ihm in den Sinn. Verzogener Lümmel. Alles hier ist für dich also selbstverständlich. Und meine Tochter gehört mit zu diesem Geschenkkorb, ist einfach nur ein weiteres Spielzeug, an dem du schon bald das Interesse verlieren wirst. An dem dein Interesse vielleicht schon jetzt weniger wird, so locker, wie du unser Gespräch hier nimmst.

»Ich warne Sie, junger Mann, wenn sie Ihretwegen leidet, dann schlage ich Ihnen Ihre hübschen Zähne ein. Und das Gesicht gleich mit dazu. Und das mit dem allergrößten Vergnügen.«

»Oh, muss ich jetzt Angst haben?«

»Das sollten Sie …«, entgegnete ich, drehte mich um und verschwand mit zusammengebissenen Zähnen und geballten Fäusten nach draußen, um nicht gleich zur Tat zu schreiten.

Ein bisschen muss ich ihn damit dann wohl doch erschreckt haben, denn er hat Élodie nichts davon erzählt. Das ganze Wochenende hatte ich auf einen vorwurfsvollen Blick von ihr gewartet, auf eine mürrische Miene, doch ich bekam nur ihr herrliches Lächeln und ihren strahlenden Blick zu sehen. Der sich immer sofort von mir abwandte, sobald dieser Abschaum von »festem Freund« den Raum betrat.

Ich greife nach ihrer Hand auf dem Tisch.

»Hör zu, Élodie, ich wollte mit dir sprechen …«

»Das trifft sich gut, Papa, ich auch!«

»Dann du zuerst. Ich bin ganz Ohr.«

»Nein, du, das ist mir lieber.«

Soll er ihr wirklich ins Gewissen reden, ihr deutlich machen, dass sie mit einem Schmarotzer zusammen ist, auf die Gefahr hin, dass sie dichtmacht und er sie verliert? Muss sie nicht ihre eigenen Erfahrungen machen? Enttäuschung, Schmerz und Einsamkeit durchleben wie jeder mal im Leben? Warum haben sie ihr dann aber alle Stolpersteine, Leiden, Unbehaglichkeiten erspart, wenn sie sie jetzt einfach einem Wolf zum Fraß überlassen …?

Zum Glück kann sie nicht länger an sich halten und ergreift nun doch das Wort.

»Papa, Renaud und ich wollen zusammenziehen!«

»Wie?! Was meinst du damit?«

»Wir wollen zusammen eine Wohnung mieten. Das ist nur konsequent. Weißt du, wir wohnen ja eigentlich eh schon zusammen; wenn er nicht an der Uni ist oder mit seinen Freunden rumzieht, ist er bei mir.«

Was du nicht sagst, mein Schatz, war doch klar, dass so einer das gemachte Nest mit gefülltem Kühlschrank und sonstigen Annehmlichkeiten einer eigenen Bude vorzieht.

»Und was willst du mir damit genau verkünden?«

»Hast du mir nicht zugehört, Papa? Dass wir uns gemeinsam eine schöne Wohnung suchen!«

»Ah, okay, ich dachte schon, dass er dir einen Heiratsantrag gemacht hat.«

Ja, ich weiß, das ist sehr kleinkariert und gemein von mir, ich lege damit den Finger genau dahin, wo es dir wehtut, auf seine Weigerung, sich zu binden, wie er schon oft hat durchblicken lassen.

Du machst ein trauriges Gesicht. Du bist feinfühlig. Du hast mich gut verstanden. Tut mir leid, mein Schatz, aber wie soll ich es sonst anstellen? Du musst es nun mal verstehen. Ich versuche, dir die Lebenslektionen sanft beizubringen. Auch wenn ich dafür unschöne unangenehme Umwege oder verschleierte Unterstellungen benutzen muss.

»Dann wird es also ernster zwischen euch?«

»Ja, endlich. Er freut sich wirklich, mit mir in eine größere Wohnung zu ziehen. Ach, Papa, wenn du wüsstest, wie stark meine Gefühle für ihn sind. Dagegen kann man nichts machen, da muss man einfach nur dankbar sein.«

Sie wird wieder ganz lebendig, noch hübscher, ihre Wangen noch rosiger, und ihre Augen leuchten, wenn sie von ihrer Liebe spricht, die Worte sprudeln nur so aus ihr heraus. Sie will von ihren großen, sie überwältigenden Gefühlen erzählen, beschreiben, was sie ausmacht, sie jemandem anvertrauen. Ach, mein Schatz, dafür bin ich wahrlich nicht der Richtige. Davon will ich nichts hören.

»Weißt du, Papa, Renaud versteht wirklich alles. Ich kann ihm alles erzählen, und er ist so aufmerksam. Er will tatsächlich alles von mir und meiner Familie wissen, alles interessiert ihn.«

Ja, vor allen Dingen dein Erbe! Okay, stopp, das ist nicht nett, entschuldige bitte ... Aber weißt du, als ihr neulich zum Mittagessen bei uns wart – deine Mutter drängte darauf, ihn mit einzuladen, und ich sagte mir: »Okay, man muss seinen Feind kennen« –, da habe ich gesehen, wie er sich schon wie der zukünftige Hausherr umgesehen, die Quadratmeter berechnet, das Mobiliar und die goldenen Spiegel taxiert und auf das Tafelsilber geschielt hat. Als ich hinterher deiner Mutter von meinen Beobachtungen erzählt habe, hat sie mir Paranoia unterstellt, aber ich liege garantiert nicht falsch, denn deine Schwester hat es mit einem »Na ja, er hat sich hier schon ziemlich entspannt aufgeführt« quittiert.

»Und wann immer ich ihn brauche, unterbricht er, was er gerade macht. Selbst wenn es sich um etwas ganz Banales handelt, wie zum Beispiel, wenn ich ihn bitte, den Tisch fürs Abendessen zu decken. Nie störe ich ihn.«

Wobei, bitte schön, würdest du ihn denn stören, mein Schatz? Er hat doch keinerlei tief greifende Gedanken oder irgendwelche wichtigen Aufgaben im Leben, er hängt doch nur bei dir rum.

»Und weißt du, seit ich mit ihm zusammen bin, fühle ich mich auch endlich hübsch. Er macht mir Komplimente. Sagt mir, dass ich schön, intelligent, brillant bin, und noch vieles mehr. Das ist die wahre Liebe, Papa, oder? Wenn der andere dich so wertschätzt?«

Warum stellst du mir diese Frage, mein Spatz? Spürst du nicht selbst, wie hohl seine Worte klingen, was für ein Geschwätz das ist, tausendfach wiederholt? Spürst du nicht, dass sie nicht nur bei dir, sondern auch bei anderen zum Einsatz kommen?

»Ach, ich bin so glücklich, Papa!«

Das wahre Glück schweigt, es hat keine Worte. Es zeigt sich im Lächeln dieses alten Herrn dort drüben, der vor zwei Tellern sitzt, seinem geistesabwesenden Blick auf den leeren Stuhl ihm gegenüber.

»Das freut mich sehr für dich, mein Kind.«

15
Hareng-pommes de terre à l'huile

»He, Bedienung!«

»Ja bitte, Monsieur?«

»Ist es zu viel verlangt, die Dessertkarte sehen zu wollen?!«

»Also … Da Ihre Frau gegangen ist … dachte ich, dass …«

»Hören Sie auf zu denken und bedienen Sie mich gefälligst! Und zwar zackig!«

16

»Was wird das?«

»Mir reicht's. Ich gehe!«

Ein solches Ausmaß an Wut hat Cyril noch nie bei ihr gesehen. Kein Vergleich zu dem Verstummen, das sie an manchen Tagen an den Tag legen kann. Jetzt sind ihre Hände ganz zappelig, sie bekommt ihre Schürze nicht auf, der Knoten auf dem Rücken widersetzt sich, ist zu festgezurrt. Ungestüm reißt sie an den Bändern. In ihren Augen blitzen Tränen.

»Wie bitte?«

Er hat beschlossen, sie zurückzuhalten. Gerade bei dieser widersprüchlichen Energie, dieser aufwallenden Flut. Er will sie endgültig auf die andere Seite ziehen, auf seine. Er will, dass sie bleibt.

»Bist du taub? Ich gehe!«

Sie schreit. Schreit ihn an. Sie würde gern einen anderen anschreien, aber er steht ihr nun mal gerade gegenüber, also trifft es ihn. Daran ist keiner schuld, das ist einfach so.

»Aber warum?«

»Weil …«

»Weil was?«

»Weil … Es gibt nicht für alles einen Grund!«

»Ist es wegen dem Typen an Tisch 1? Was hat er gemacht?«

»Ich hab doch gesagt, lass es gut sein.«

»Ich kläre das mit ihm, wenn du willst.«

»Das fehlt mir gerade noch!«

»Es ist also das? Dann kläre ich das mit ihm, kein Problem!«

»Und was willst du ihm sagen? Sind Sie der Herr, der so grob mit der Bedienung umspringt? So geht das aber nicht, Monsieur. Das gehört sich nicht, Monsieur. Laber Rhabarber …«

Wirft sie ihm etwa gerade vor, feige und zu höflich zu sein? Hm, gut möglich, wahrscheinlich, weil sie es gerade auch gewesen ist, statt diesem Schwein eine entsprechende Antwort um die Ohren zu hauen. Dass er sich seinen Nachtisch sonst wo hinschieben kann, ja, das hätte sie ihm sagen sollen. Und dass sie sehr wohl denken kann, nicht nur bedienen. Dass sie sogar einen Master in Philosophie hat, stellen Sie sich das mal vor, Monsieur. Und dass seine Frau gut daran getan hat, ihn sitzen zu lassen. Weil man andere bedienen kann, aber deshalb noch lange nicht deren Dienstmagd ist und man sich ein so unverschämtes Verhalten gefallen lassen muss. Und dass im Übrigen die Hegel'sche Dialektik über Herrschaft und Knechtschaft durchaus ihre Berechtigung hat. Und dass …

»Sag mal, wie redest du eigentlich gerade mit mir?«, unterbricht Cyril ihren Redefluss. »Äffst du mich etwa nach?«

»Nein.«

Mit einem Mal wird ihr bewusst, dass sie Cyril gerade wie ein Stück Scheiße behandelt – und damit kein Haar besser ist als der Mistkerl von Tisch 1. Beschämt sieht sie Cyril an.

»Tut mir leid, Cyril. Ich bin einfach nur so stinkwütend. Tut mir leid.«

Eine Träne drängt hervor. Sie sieht zur Decke, damit sie ihr nicht über die Wange kullert, die soll in ihrem Auge bleiben, das wäre ja noch schöner, sie wird ja wohl nicht heulen wegen eines solchen Idioten von Gast.

»Alles gut«, sagt Cyril.

Er schenkt ihr einen Porto ein. In einem kleinen Likörgläschen, das er unter dem Tresen hervorholt.

»Hier, trink das. Das wird dir guttun.«

»Danke. Aber ich mag keinen Alkohol.«

»Das ist Medizin.«

Er mildert seine Worte mit einem sanften Lächeln ab. Dieses Lächeln, das sie so sehr an ihm mag.

»Es wird dir guttun. Wenn meine Mutter uns zum Impfen gebracht hat, hat der Arzt ihr immer ein kleines

Glas Porto eingeschenkt, um ihre Nervosität zu dämpfen. Das hat geholfen.«

Gut, dann kippt sie das Glas also in einem Zug hinunter, auch wenn ihr Alkohol eigentlich zuwider ist. Brr, kurz muss sie sich schütteln.

»Geht's besser?«

Sie nickt, ja, das Zeug hat wider Erwarten gutgetan. Er schenkt ihr das kleine Glas erneut voll. Sie trinkt es ebenso schnell wie das erste. Und spürt, dass sie wieder etwas Farbe im Gesicht bekommt.

»Kannst du dich wirklich um dieses Riesenarschloch kümmern? Ich würde ihn mir zwar gern selbst vorknöpfen, aber das wäre dann alles andere als schön!«, gesteht sie schließlich.

»Klar, für dich immer.«

17
Specialité du chef

Sie hat ihn tatsächlich gebeten, ihr zu helfen. Sie braucht ihn. Sie … braucht … ihn!

»Guten Abend, Monsieur.«

»…«

»Guten Abend, Monsieur.«

»Ja, was denn?«

»Haben Sie ein Problem?«

»Ja. Ich will einen Nachtisch. Die Tussi von Bedienung hat mir aber noch keine Karte gebracht.«

»Und?«

»Und was? Soll ich sie mir vielleicht selber holen?«

»Vielleicht.«

»Bist du bescheuert? Wo ist dein Chef? In zehn Minuten bist du gefeuert! Du kannst schon mal deinen Kram zusammensuchen!«

»So wie Ihre Frau vorhin?«

»Was?! Arschloch!«

Stinkwütend springt der Mann auf. Mit knallrotem Gesicht stürzt er sich auf Cyril, will zuschlagen, Cyril weicht ihm jedoch mühelos aus, packt seinen Arm und dreht ihn ihm auf den Rücken. Unsanft schiebt er den Ellbogen hoch zu den Schulterblättern, der Oberkörper des anderen klappt nach vorn. Zum zweiten Mal an diesem Abend zieht er die Blicke der übrigen Gäste auf sich. Seine Frau war aufrecht dagestanden, würdevoll, wenngleich schwankend, er hingegen steht eingeknickt da, ohnmächtig schäumend.

»Du, du Arsch, na warte, du Schwein, du …«

Die Schimpfworte gurgeln nur so aus ihm heraus, wie Blutblasen.

»Ich begleite Sie gerne nach draußen, Monsieur.«

Das eigenartige Paar bewegt sich zum Ausgang, ein wutschäumender Mann mit nach hinten verrenktem Arm, hinter ihm der Barmann, souverän, mit eisernem Griff.

»Die Rechnung geht aufs Haus. Solche Gäste wollen wir hier nicht mehr sehen.«

Mit diesen Worten öffnet Cyril die Tür und befördert den Mann nach draußen. Ohne Tritt in den Hintern, das wäre dann doch des Guten zu viel. Auch wenn ihm die Lust dazu keineswegs fehlt.

Danach kehrt er würdevoll wieder hinter seinen Tresen zurück. Mit einem Grinsen zapft er sich ein großes Glas Wasser, das er in einem Zug leer trinkt. Ist nicht unzufrieden mit der Glanzleistung. Fast könnte er sich in einem Western glauben.

Sie strahlt ihn an, staunend und voll Bewunderung. Das sieht er an ihren Augen. Ja, er hat sie verteidigt, ist für sie eingestanden. Das passiert ihr wohl nicht allzu oft. Aber jetzt sollte er den Ball wieder flach halten. Denn wie er weiß, steht sie nicht sonderlich auf Machos.

18

Manche applaudieren. Andere begnügen sich mit einem zufriedenen Lächeln. Wieder andere, sehr wenige, wenden sich erleichtert ihren Tellern zu, weil sie nicht gern beim Essen gestört werden und es nicht mögen, wenn jemand für Aufsehen sorgt. Cyril neigt den Kopf und wirbelt einen unsichtbaren Hut durch die Luft, in einer Verbeugung, theatralisch und etwas aus der Zeit gefallen.

»Wow! Was für ein unglaublich effizienter Kerl du bist«, meint Marion schmunzelnd.

Die Hände in die Hüften gestützt, sieht sie mit ihrer blauen Schürze aus wie eine süße kleine Matrone, sodass sein Herz wieder einmal aus dem Takt gerät. Am liebsten würde er sofort über den Tresen springen, sie in den Arm nehmen und küssen, hier, vor allen Gästen, unter deren Bravorufen. Er muss wieder runterkommen. Sich beruhigen und den Ball flach halten, schließlich mag sie keine Wichtigtuer.

»Mir darf man eben nicht auf die Nerven fallen«, brummt er.

Er muss seine Heldentat trotzdem noch ein bisschen auskosten, darf seine Chance nicht verstreichen lassen. Vielleicht ist das jetzt der Moment. Er dreht sich zu den Gästen um, sucht nach ihrer Zustimmung und ihrer Ermutigung. Monsieur Fontaine bedenkt ihn mit einem aufmunternden Lächeln. Der Arzt fragt mit zusammengekniffenen Augen und erhobenem Kinn: »Alles okay? Nichts gebrochen?«, der Typ aus Bordeaux feixt, der reine Männertisch applaudiert, jubelt über diese Demonstration viriler Manneskraft, Grégoire, der vor Kurzem Nachwuchs bekommen hat, deutet einen anerkennenden Pfiff an ... Ein jeder hier scheint ihn auf seine Weise zu ermutigen.

»Ah, ich sehe schon«, unterbricht sie seinen gedanklichen Anlauf. »Und ich dachte, du wärst einer von der netten Sorte, die man nicht so schnell auf die Palme bringen kann ... Ich zum Beispiel bin dagegen ziemlich zickig ...«

Oje, vermintes Terrain. Er darf ihr jetzt auf keinen Fall bestätigen, dass sie zickig ist. Sie kann sich selbst so einschätzen, er darf so was aber nicht behaupten. Zumal sie das für ihn kein bisschen ist. Höchstens etwas hypersensibel, geheimnisvoll, wachsam. Und zudem ist sie keines von den Mädchen, die sich aus dem Staub machen, sobald man ihnen erzählt, dass man »nur« Barmann ist und weder den sozialen Status noch das entsprechende Gehalt für große Geschenke, Hotels oder Wochenenden am Meer hat. Ja, zum Glück ist sie keine von denen, die einen Mann für ihr Bankkonto halten. Das ist ihr egal, da ist er sich sicher. Und auch, dass sie keine von denen ist, die einen erst heißmachen und dann abblitzen lassen. Oder bei denen man selbst in einer langen Beziehung nicht weiß, woran man gerade mit ihnen ist. Nein, wenn sie allein sein will, zeigt sie einem einfach nur die kalte Schulter, geht auf Abstand, *Noli me tangere,* wie es auf Latein so schön heißt, halte dich fern von mir, fass mich nicht an, bis ich wieder dazu bereit bin. Das ist nicht einfach, aber wenigstens ist es eine klare Botschaft.

»Man kann auch nett sein, ohne alles hinzunehmen«, sagt er entschieden, greift nach seinem Geschirrtuch, um über den Tresen zu wischen und so seinen Worten noch mehr Nachdruck zu verleihen.

»Tja, also … danke«, sagt Marion leise.

»Tja, also, gern geschehen. Nur weil wir die Leute bedienen, heißt das noch lange nicht, dass man uns wie ein Stück Scheiße behandeln kann.«

Sie sehen sich an – und sehen dabei sehr viel mehr als nur sich selbst. Und denken dasselbe. Das ist verrückt. Keiner von ihnen hatte damit gerechnet, an diesem Ort und in diesem Moment ihres Lebens eine solche Begegnung zu machen.

»Ich bräuchte noch ein Gläschen Porto, damit ich weitermachen kann«, sagt sie und fährt sich dabei verlegen durch die kurzen Haare.

»Aber gerne doch, Mademoiselle«, sagt er mit einem Lächeln.

»Merci beaucoup, Monsieur«, entgegnet sie im gleichen Tonfall.

Ein Porto, das ist ein gutes Zeichen, sie entspannt sich, wird lockerer. Sie trinkt das Glas in einem Zug leer und knallt es auf den Tresen, wie in einem Western, in dem die Cowboys einen Shot nach dem anderen in sich hineinschütten. Sie lacht über ihre übertriebene Geste, und er fällt freudig mit ein. Dieses Lachen …

»Ich drehe mal wieder eine Runde, sonst fragen sich die Gäste noch …«

»Was … was sollen sie sich fragen?«

Ob sie eine Andeutung sie beide betreffend machen? Auf das unsichtbare Band, das zwischen ihnen besteht? Das sich nicht wieder zerstören lässt? Ein bisschen ist besser als nichts, und das ist schon ganz schön viel.

»Nun … ob du ihnen vielleicht gleich ihre Geldbeutel und ihre Handtaschen leerst, jetzt, wo du hier einen auf Rausschmeißer gemacht hast.«

Sie lacht schallend los, zieht sich mit dieser Pirouette aus der Affäre. Wie er es manchmal ebenfalls macht, wenn ihn wieder die Schüchternheit überkommt. Ach, wie ihm dieses Mädchen gefällt …

Und ihr Lachen berührt ihn auch dann noch, als sie schon mitten im Gastraum die letzten Karten für den Nachtisch verteilt und die Leute beruhigt, die nicht wirklich besorgt waren. Seine Aktion hat sie eigenartigerweise selbstsicher gemacht. Und was noch viel wichtiger ist: Sein entschlossenes Auftreten und Eintreten für sie haben ihr Gesicht erstrahlen lassen.

19

»Die Typen da drüben, die hast du ja schwer beeindruckt. Sie reden nur noch von dir. Was für ein Kerl, bravo!, einer, der sich zu wehren weiß. Du hast neue Freunde gewonnen!«

Wütend beißt sie von einem Stück Baguette ab, plustert dann wie Popeye ihre Backen auf und reckt die Arme in einem triumphierenden Victory-Zeichen in die Luft. Oje, der höllische Walzer geht also wieder weiter. Dabei hatte er geglaubt, er hätte ein paar Pluspunkte gesammelt; er war sich sicher, endlich im grünen Bereich zu sein.

»Redest du von Tisch 10?«

»Ja, von dieser Bande Prolls da drüben. Ein Geschäftsessen, man stopft sich voll, weil die Firma zahlt, und da keine Frauen dabei sind, schwingt man große Reden. Na los, Didier, bring uns mit einem schlüpfrigen Witz zum Lachen.«

Nicht zu fassen, sie ist wirklich wütend auf die ganze Männerwelt. Erst auf den Aufreißer, dann den Idioten, den seine Frau zu Recht sitzen gelassen hat, und jetzt auf Tisch 10. Muss er es auch noch mit diesem ganzen Regiment aufnehmen, damit sie ihn endlich erhört, eine letzte Mutprobe, oder was?

»Haben sie dich angemacht?«

»Nicht offen, das ist bei denen subtiler. Das geht mit Blicken. Oder wie sie einem die Frage stellen, mit diesem balzenden Unterton: ›Na, Mademoiselle, was schlagen Sie uns Hübschen heute Abend vor?‹«

»Alle?«

»Derjenige, der sich am meisten herausnimmt, ist der Chef.«

Sie zeigt auf den dicksten und rotgesichtigsten Kerl, der am wildesten gestikuliert.

Natürlich ist das der Chef. Das sieht und hört Cyril sogar von seinem Tresen aus. Er kleidet sich besser als die anderen, spricht lauter als die anderen. Er wird die Rechnung begleichen.

»Die anderen trauen sich nicht, so was wie er zu sagen, weil er der Chef ist. Und sie nicht ihren Job verlieren wollen.«

Da, ein anderer Dicker am Ende des Tisches hat wohl gerade einen Witz gerissen. Danach wird kurz geschwiegen. Sie warten. Entweder er wird durch schallendes Gelächter der Hierarchie für gültig erklärt. Oder der Witzbold fällt schweißgebadet in Ungnade. Endlich lacht der Chef los. Wodurch er bei den anderen lautes Schnauben und Prusten auslöst. Puh, da hat der Dicke noch mal Glück gehabt.

Jetzt sieht der Chef zu ihnen herüber. Und bedenkt Marion mit einem anzüglichen Zwinkern. Augenblicklich versteht Cyril das »Na, Mademoiselle, was schlagen Sie uns Hübschen heute Abend vor?«

Mit einem Seufzer macht Marion sich auf den Weg zu ihrem Tisch und verteilt die Speisekarten. Cyril beobachtet sie.

Man hört den Chef durchs ganze Restaurant.

»Also, Mademoiselle, was haben Sie Nettes anzubieten?«

Dieses »Mademoiselle«, das hinter dieser schleimigen Freundlichkeit seine wahren Absichten verbirgt: Du bist jung, eine Frau und daher Freiwild.

Das Grinsen reihum wird breiter, ist ganz begierig, Zeuge dieses Katz-und-Maus-Spiel zu sein. Doch die kleine Maus ist gewieft, das weiß Cyril. In neutralem Tonfall betet sie die Tagesgerichte herunter. Sie bietet diesen schmierigen Typen nichts, woran sie sich festkrallen könnten.

»Okay, aber Sie, was mögen Sie denn am liebsten?«, startet der Chef einen zweiten Versuch.

Die Frage ist von vornherein zweideutig, absichtlich. Ein frivoles Zwinkern unterstreicht es noch, falls die Zweideutigkeit nicht eindeutig genug war. Neuerliches Gelächter der anderen. O nein, sie wird euch nicht auf den Leim gehen! Sie kennt sich mit diesen Spielzügen aus und weiß, wie man sie pariert.

»Das Entrecôte«, entgegnet sie ungerührt, »ein ordentliches Stück Entrecôte, schön blutig.«

Irritiert blicken die Kerle sie an. In ihrer Gelassenheit, aber vor allem, wie sie »blutig« betont, liegt etwas, das ihnen zu verstehen gibt, dass sie das Spielfeld als Siegerin verlassen wird. Und dass sie sie allesamt anwidern.

Und was macht der fette Kater jetzt mit dieser widerspenstigen Maus?

»Ich nehme Entenbrust«, sagt er und knallt die Speisekarte zu.

Er ist gewieft. Aber er ist verstimmt. Alle können das Grübchen links unter seiner Lippe sehen, das sie gut kennen, jenes Grübchen, das auf eine Gardinenpredigt hinweist oder bevorstehende Wutanfälle. Doch heute Abend geschieht nichts dergleichen. Er ist nicht gut genug in Form. Sie hat ihm die Show vermiest, dieses kleine Biest!

Die anderen tun es ihm gleich, wählen dasselbe.

Also insgesamt sechs Mal Entenbrust. Medium, auf keinen Fall blutig. Mit Kartoffeln à la sarladaise. So wie er. Mal sehen, wie sich der Abend entwickelt, vielleicht können sie sich ja zum Nachtisch was anderes bestellen als der Chef … Vielleicht …

Was den Wein betrifft, den lassen sie natürlich ihn aussuchen. Damit er seine Überlegenheit zurückgewinnt. Und auch, damit sie einen netten Abend haben. Mit Wein kennt er sich aus. Er besitzt einen beeindruckenden Weinkeller; der Buchhalter war schon einmal bei ihm und hat ihn besichtigen dürfen, wie Cyril nun dank ihrer Lautstärke erfährt. Grands Crus, Flaschen für 500 Euro, alle ordentlich aufgereiht in Holzkisten mit beschrifteten Etiketten. Er sei ganz pingelig mit dem Wein, ihm serviere man keinen Fusel, brüstet er sich.

Er wählt den teuersten. Und dass die Flasche bloß nicht korkt, Mademoiselle, sonst lasse ich sie sofort zurückgehen. Er hat seine Überheblichkeit wieder. Uff, das Firmenessen ist gerettet.

Cyril wird einmal mehr klar, womit sie sich Tag für Tag abplagen, wogegen sie sich verteidigen muss. Er ist ein Mann und wird zudem von seinem Tresen geschützt, sie hingegen agiert im Gastraum, geht von einem Tisch zum nächsten und muss sich allem Möglichem stellen.

Er versucht sie zu beruhigen, als sie zu ihm an den Tresen zurückkommt, indem er sich übertrieben positiv gibt.

»Zumindest wird das supereinfach für Ali: sechs Mal Entenbrust!«

»Da ist was dran ... außerdem werde ich ihn bitten, auf alle sechs Teller zu spucken. Das wird diesen Fleischfressern eine Lehre sein. Die widern mich so an. Vor solchen Männern würde ich am liebsten weglaufen ...«

Das weiß er. Deshalb versucht er ja auch unablässig, ihr beizustehen.

20
Profiteroles au chocolat

Wir wussten, dass wir uns trennen mussten. Wir wussten es vorher. Doch vom Wissen zum Handeln ist es ein großer Schritt. Noch sind wir zusammen, nach diesem Essen muss jedoch jeder von uns allein seiner Wege gehen; wir haben aber noch keine Ahnung, wie wir das hinkriegen sollen.

Hier sitzt du nun also, an diesem unserem letzten Abend, mir gegenüber, und danach werde ich dich nie mehr wiedersehen. Liebesgeschichten sind eigentlich für die Ewigkeit gedacht, ihr zeitlicher Rahmen ist ein »für immer«. Für unsere stand das Ende jedoch schon vom Tag unseres Kennenlernens an fest. Ich war für drei Monate in Paris, also würde sie höchstens drei Monate dauern.

Meinen Auftrag für dein Unternehmen habe ich heute Morgen abgeschlossen. Mein Auftrag … Die Worte treiben heute ihr Spielchen mit mir. Hatte das Leben mich auch beauftragt, dir zu gefallen? Hatte ich darum alles unternommen, um dir nahezukommen?

Die Bedienung fragt mich, was wir trinken wollen. Sie lächelt dabei ganz offenherzig, ohne jegliche Hintergedanken oder Vorurteile. So was erleben Menschen »wie wir« nur selten. Häufig habe ich in den drei Monaten unserer Liebe in eine erstarrte Miene geblickt, ein Zurückweichen gespürt, den Drang, das Gespräch möglichst schnell zu beenden. Nichts dergleichen bei dieser charmanten jungen Frau. Ich bestelle zwei Gläser Champagner. Auch wenn es seltsam klingt, möchte ich unser letztes Abendessen zu zweit feiern, mit dir auf den glücklichen Zufall anstoßen, der uns zusammengeführt hat, so kurz unsere gemeinsame Zeit auch war.

Ich betrachte deinen Mund. Er erinnert mich an all unsere Küsse. Angefangen beim ersten in der Bar meines Hotels. Wir umkreisten einander seit meinem ersten Tag, bedachten einander in den Meetings mit verstohlenen Blicken, streiften einander im Aufzug, an unseren gegenseitigen Absichten gab es keinen Zweifel, wir gefielen einander vom ersten Augenblick an, wir aßen Seite an Seite im Selbstbedienungsrestaurant mit den Kollegen, in stillschweigender Zweisamkeit inmitten der anderen. Bis dann an jenem Abend in der Hotelbar unser Gespräch etwas persönlicher wurde und der Absacker, zu dem wir uns verabredet hatten, die letzte Vorsicht beiseitewischte.

Du hast mich zu meiner Zimmertür begleitet, wo du dich – geschützt vor fremden Blicken, hatten wir doch beide den Zwang einer aufgenötigten Schamhaftigkeit verinnerlicht – zu mir gebeugt hast und ich mich zu dir und unsere Münder einander fanden. Ja, ich weiß, das pure Klischee, vor uns haben schon unzählige Paare so einen ersten Kuss erlebt, aber für mich bleibt er trotzdem einmalig.

So wie auch unser Kuss vorhin. Der schlicht der letzte sein wird. Wir küssten einander in meinem Hotelzimmer, mit dem Bett im Hintergrund, noch überaus präsent, so wie auch die Erinnerung an unsere Liebesspiele. Es war ein Kuss, der die vorherige Intimität noch eine gefühlte Ewigkeit verlängerte, ein Kuss, ein Haut an Haut der Lippen, während unsere Körper schon wieder bekleidet waren. Ein Kuss ohne die Scham, die sich hinter uns noch zwischen den blauen Laken räkelte. Ein Kuss, der kein Ende finden, der etwas von uns festhalten wollte.

Wir hatten zum letzten Mal miteinander geschlafen, wobei sich die bevorstehende Trennung anfühlte wie ein einziges Missverständnis. Der Sex, wenn man sich verlässt: Darin sind all die vorherigen Male enthalten, der letzte Akt bringt sie zur Vollendung. Die Liebe an ihrem Höhepunkt. Voller Bedauern, das uns irritiert: Warum müssen wir uns eigentlich trennen? So etwas werde ich nie wieder mit jemand anderem erleben, das weiß ich, und du weißt es auch. Diese Liebe, die etwas vollkommen macht, aber auch etwas in uns aufreißt, wie eine verkrustete Wunde. Das leicht sadistische Vergnügen, das sie bereitet, der Schmerz, der unmittelbar darauf folgt. Ja, es fühlt sich an wie eine uralte Wunde ...

Du sitzt mir am Tisch gegenüber, deine schönen Hände streichen über die kleine Vase, du schweigst, so wie ich. Die Worte bleiben uns in der Kehle stecken. Wir können nicht über unsere Vergangenheit reden, dazu sind die Erinnerungen noch zu frisch, wir können aber auch nicht von der Zukunft sprechen, weil es für uns keine gibt.

Deine Augen blicken sanft und furchtbar traurig.

Doch es sind keine Tränen darin zu entdecken. Tatsächlich habe ich dich noch nie weinen sehen. Aber drei Monate sind auch nicht gerade viel Zeit, dass einem unterdessen ein Unglück widerfährt, und falls doch, kaschiert man seinen Kummer vielleicht, um die kostbaren Momente der Glückseligkeit nicht zu trüben. Für Tränen bleibt für gewöhnlich immer noch Zeit.

Die Kellnerin bringt die Gläser. Wir stoßen an. Das Geräusch von Kristall gegen Kristall ist zart und zerbrechlich wie unser Lächeln.

»Das da bleibt uns erspart«, sage ich mit einem gezwungenen Grinsen und deute auf das ältere Paar in der Nähe der Toiletten; müsste man ihnen Namen verpassen, würde ich sie Marie-Chantal und Charles-Henri nennen, so festgefahren, spießbürgerlich, wie sie mir erscheinen. Ich versuche, den Clown zu spielen, mit Humor den Abgang ohne viel Trara hinzukriegen.

Du bist so nett, dich auf mein Spiel einzulassen, ohne dich davon täuschen zu lassen.

»Und ich werde dich auf keinen Fall so demütigen wie der stinkwütende Idiot neben uns, dessen Frau ihn heute Abend zum Glück verlassen hat«, entgegnest du und lachst. Es ist ein hohes, theatralisches Lachen, an dem uns die anderen immer erkennen und über das sie sich dann oft mokieren, mir aber zeigt es deine Bedrücktheit und die Melancholie, die sich langsam zwischen uns breitmacht.

Unbewusst wenden wir unsere Blicke dem Paar am Tisch auf der anderen Seite zu. Der rothaarige Mann streckt gerade erneut die Hand aus und legt sie vorsichtig auf die der jungen Frau. Und sie zieht ihre nicht weg. Zum zweiten Mal eine Geste der Zuneigung zwischen ihnen, jene, mit der ihre Liebesgeschichte heute und hier beginnt. Wir hingegen beenden unsere gerade. Mit hängendem Kopf blicken wir wieder auf die Gläser in unseren Händen. Sagen kein Wort, leiden nur still.

Zum Glück reicht uns die Kellnerin nun die Speisekarten. Haben wir wirklich Hunger? Wir schlagen sie auf, um uns einen Moment vom traurigen Blick des anderen ablenken zu können.

Nichts auf der Karte weckt meinen Appetit. Der Duft nach gegrilltem Fleisch ist mir zuwider. Ich möchte etwas Leichtes, Frisches, will mich nicht für nur eine Sache entscheiden, zumindest beim Essen noch die Wahl haben.

Ich bestelle drei Vorspeisen. Die Bedienung stört sich nicht daran. Sie nickt sogar, hat damit kein Problem. Du bestellst drei weitere. Wieder nickt sie. Was für ein Goldstück, diese junge Frau, wirklich. Unser Tisch wird also mit kleinen Tellern gedeckt werden. Mit vielen Abschiedshäppchen. Voilà, das passt zu uns.

Wieder sehe ich dich an. Du bist so schön, ganz besonders heute Abend. Du hast so was Lebendiges, selbst in schweren Momenten. Du bist elegant, trägst immer Anzüge aus fließenden, weichen Stoffen, die dich zu umschmeicheln scheinen und bei nichts einschränken. Deine Hemden sind aus feinstem Zwirn, weiß oder blau, und makellos gebügelt, nie wirkst du zerknittert und machst trotzdem keinen steifen Eindruck. Umsichtig schlüpfst du in sie hinein, knöpfst sie sorgfältig zu und zupfst den Kragen zurecht, indem du den Hals etwas nach vorn streckst, fast wie ein Reiher. Ich liebe diese Geste, sie bringt mich zum Lachen und rührt mich zugleich. Man könnte auch noch über deine Socken reden, sie sind immer bunt, orange, violett, königsblau; sie offenbaren deine kindliche, fantasievolle Seite, neben all der Eleganz und Perfektion deiner übrigen Kleidung. Du hast blonde Haare, die mich immer am Hals kitzeln. Du magst sie glatt gekämmt, ich mag sie lockig, wie wenn du frisch aus der Dusche kommst. Deine Schuhe sind aus weichem, exquisitem Leder, ein Material, das sich an deinen Fuß schmiegt und bei keiner Bewegung einengt, das ist dein Kriterium. Du willst mit ihnen laufen können, voll Freude auf mich zurennen, wenn du mich triffst.

An all das werde ich mich erinnern. Ich sitze dir gegenüber und erinnere mich schon jetzt an dich. Wir fühlen schon die Nostalgie des Moments, den wir genau jetzt erleben. Deine Gegenwart verschwimmt bereits, leitet dein Verschwinden ein. Bleib bitte noch ein bisschen, geh nicht zu schnell …

Deine Stimme wird wahrscheinlich vor allem anderen aus meinem Gedächtnis verschwunden sein. Diese tiefe, leicht monotone Stimme, die sich in die Höhe schrauben kann, wenn du nicht aufpasst. Mit der du oft komplizierte, aber nie vulgäre Wörter aussprichst und die ich noch nie fluchen gehört habe. Ich liebe es, wenn du damit Gedichte rezitierst. Oder laut unter der Dusche singst. Und dein Akzent ist immer derselbe, egal ob du nun einen Belgier, einen Chinesen oder einen Kanadier imitierst. Diese Stimme wird ganz aus meinem Leben verschwinden. Weil wir uns kein einziges Mal mehr anrufen werden …

Als Nächstes werde ich mich dann vermutlich nicht mehr genau an deine Gestik erinnern, die Hände mit den schmalen, langen Fingern, die deine Worte unterstreichen, welche häufig zu schnell aus dir heraussprudeln. Die sich manchmal an deine Schläfen legen, als wolltest du deine Gedanken im Kopf zurückbehalten, oder sie pressen sich vor Freude oder Überraschung auf deinen Mund.

Was ich allerdings nie vergessen werde, ist dein Schamgefühl, zumindest glaube ich das. Von unserem ersten Mal an, als du mich gebeten hast, das Licht auszumachen, weil du nicht mehr den Körper eines jungen Mannes hättest – meine Güte, was hätte ich mit dem Körper eines jungen Mannes anderes gemacht?! Außerdem ist dein Körper ganz wunderbar, habe ich dir das nicht oft genug gesagt? Anscheinend nicht, denn diese Scham hat unsere Liebe bis heute begleitet, bis zum letzten Mal gerade vorhin, als ich deinen nackten Körper betrachtete, gestreift von dem Licht, das durch die Lamellen der geschlossenen Jalousien hereinfiel. »Man könnte meinen, wir wären in Italien«, hast du verlegen gemurmelt. Genau wegen solcher Sätze wird unser Abschied schwierig werden. Doch jetzt ist nicht mehr der Moment, dich darauf anzusprechen, das würde es uns nur noch schwerer machen …

Ich werde oft an dich denken, das weiß ich schon jetzt. Bilder von dir werden sich in den Stunden des Alleinseins heranschleichen, an verdrießlichen Abenden, inmitten von irgendwelchen Feiern, bei inhaltslosen Diskussionen. Oder sie überfallen mich in meiner Stadt, während eines Meetings, eines Kinofilms. Wird es dir genauso gehen? Werden dich die Erinnerungen in den Straßen einholen, durch die wir gemeinsam geschlendert sind, in den Restaurants, in denen wir gegessen haben, in den Cafés, in die wir eingekehrt sind? Nichts davon darf ich mir jedenfalls in meinem alten Leben anmerken lassen, und ich werde gegen den Drang ankämpfen, alles hinzuwerfen und dich zu suchen.

Ist eine zeitlich begrenzte Liebe intensiver? Haben wir, als unsere Körper sich umeinandergeschlungen haben, daran gedacht, dass wir nur rund fünfundachtzig Tickets für unsere Karussellfahrten hatten?

Nein. Wir waren jedes Mal einzig in unseren Gesten, Worten, unserer Hingabe. Doch ich gebe zu, dass manchmal, nachdem wir miteinander geschlafen hatten, bereits Traurigkeit in mir aufstieg, die sich auch in meinem Blick spiegelte. Vielleicht war er das, der Unterschied. In diesem kleinen Stich im Herzen. In dieser Gewissheit, dass unsere Tage von Anfang an gezählt waren.

Dabei kommen mir so dumme Fragen in den Sinn wie: Was würden Sie tun, wenn man Ihnen sagt, dass Sie nur noch drei Monate zu leben haben? Was würden Sie mit dieser Zeit anfangen? Für gewöhnlich antworten die Befragten, dass sie all das tun würden, was sie sich bislang nicht getraut oder aufgeschoben haben: Bungeejumping, eine Reise um die Welt, mit Delfinen schwimmen, die Niagarafälle fotografieren, ach nein, fotografieren würden sie sie nicht, schließlich hätten sie ja keine Gelegenheit mehr, sich die Fotos in einem Album anzusehen. Sie würden sich aber auf jeden Fall mit den Menschen treffen, die ihnen in der Kindheit oder Jugend wichtig waren, mit der ersten großen Liebe, dem besten Freund oder der besten Freundin. Und dann würden sie sich verabschieden. Sie würden all diesen Menschen sagen, dass sie sie lieben. Denn im normalen Leben nimmt man sich nicht die Zeit, das zu tun. Und so stirbt man oft ohne liebe Abschiedsworte. Und auch wir werden uns nachher wahrscheinlich verabschieden ohne zärtliche Worte.

Was bleibt von uns außer unsere Erinnerung? Vielleicht ein paar Bilder auf der Netzhaut der Restaurantgäste, vor denen wir unsere Liebe heute Abend nicht verstecken. Diese blutjunge Frau, die uns anstarrt. Der Barmann hinter dem Tresen, der uns zulächelt. Dieses Paar da drüben, dem man ansieht, wie es uns mit all seinen Moralvorstellungen verurteilt. Dieser Haufen grölender Männer, für die wir Gegenstand des Gespötts sind, abstoßend, widerwärtig. Aber nein, wahrscheinlich werden sich all diese Gäste nicht an uns erinnern. Sie werden das Lokal verlassen und uns vergessen haben. Man trifft im Leben so viele Menschen. Wir werden für niemanden existieren außer für uns selbst. Das ist einfach nur unsere Geschichte, unsere kleine Geschichte, die zusammen mit uns in Vergessenheit geraten wird. In der Realität bleibt nur unser doppelter Schatten in den Gängen des Hotels oder im Garten von Vert-Galant, wo wir an einem freudigen Abend spazieren gingen. Oder

der Abdruck unserer Körper auf einer Matratze. Oder Partikel deiner Haut unter meinen Fingernägeln. Wir werden etwas Verschwommenes, unendlich Kleines zurücklassen.

Als der Tisch gedeckt ist mit unserem Abschiedsmahl, ergreife ich deine Hand, um mich ein letztes Mal der Realität zu versichern, die wir zusammen hatten. Für gewöhnlich vermeiden wir jegliche Zärtlichkeiten in der Öffentlichkeit, um uns keine abfälligen Bemerkungen einzuhandeln, sodass der Abend dann eine unerwartet schlechte Wendung nimmt. Wie der junge rothaarige Mann neben uns halte ich die Hand meines geliebten Menschen fest. Und wie er lasse ich deine Hand nicht los. Mit unserer freien Hand essen wir. Du hältst meine rechte Hand fest, ich deine linke. Die Gabel spießt auf, was sie gerade erwischt. Womöglich haben wir deshalb unbewusst nur Vorspeisen bestellt: kleine Häppchen, die sich ohne Messer zerteilen lassen. Wir essen einarmig, ehe uns schließlich alles vom anderen fehlen wird.

Dieses Bild passt zu uns: miteinander verbunden, aber nicht mehr ganz. Ein Paar, das sich auf der einen Seite festhält, auf der anderen aber ein eigenes Leben führen muss. Das muss mit der Unrechtmäßigkeit unserer Liebe zu tun haben.

Wir sagen nichts, sehen uns nur an und essen.

»Wann geht dein Flieger?«, fragst du schließlich.

Du hast mir gesagt, dass dir Abschiede sehr schwerfallen. Wer ist schon gut darin? Wer weiß schon, wie das geht, vor allem, wenn man es eigentlich gar nicht will? Vermutlich müsste man Spezialist in dieser Disziplin sein: Wenn man darauf spezialisiert wäre, müsste der Abschiedskuss gut austariert sein, die Intensität stimmen, immerhin ist es ein letzter Kuss, der eine angemessene Erinnerung hinterlassen soll; gleichzeitig darf er aber auch nicht ganz und gar außergewöhnlich sein, sonst will man wieder von vorn anfangen, denn so kann man sich unter keinen Umständen verlassen. Ein einstudierter, wohlproportionierter Kuss also. Genau wie die Umarmung, die ihn begleitet, intensiv, aber mit etwas Abstand, schon jetzt (ich habe keine Ahnung, wie man eine solche Meisterleistung vollbringen soll). Und was soll man erst von den Tränen sagen, die bestimmt hervorquellen werden, aber nicht über die Wangen hinunterrinnen sollen, denn das würde zu sehr verraten, wie überbordend der Verlust und die Trauer sind. Und ganz zum Schluss ein kleines, wohldosiertes Winken, wenn der Abstand immer größer wird, während der Zug gerade anfährt oder der Geliebte durch die Sicherheitskontrolle am Flughafen geht.

Du wirst das Restaurant einfach verlassen, das hast du mir vorhin schon, noch im Hotel, mitgeteilt. Du willst mich nicht als Erster mit meinem Koffer gehen sehen. Du isst dein Dessert, und dann verschwindest du. Und du wirst auch nichts Besonderes sagen. Es wird keine finalen Worte geben, um uns und unsere Liebe zu beschreiben, uns im anderen zu projizieren, »uns« wird es schlicht und ergreifend nicht mehr geben, wenn du aufstehst und durch den roten Samtvorhang an der Tür verschwindest.

Jeder von uns wird in sein kleines Leben zurückkehren. Über deines weiß ich nicht viel. Darum habe ich mich auch nicht bemüht. Wir hatten uns von Anfang an ein paar Regeln auferlegt: Wir erzählen einander nichts von uns und unserer Vergangenheit. Wir leben nur und ausschließlich in der Gegenwart. Wir knüpfen keine neuen Verbindungen, gemeinsame Geschmäcker, teilen keine Neurosen, nur das, was wir in diesen drei Monaten erleben. Eine Runde auf dem Karussell der Liebe und dann Schluss.

Tatsächlich ist das aber nicht durchhaltbar. Es endet immer damit, dass etwas Persönliches aus dem früheren Leben durchscheint. Und sei es nur, wie man sich kleidet, sich verhält, welche Worte man wählt. All das, was die soziale Zugehörigkeit, den Charakter, die eigenen Interessen verrät. Selbst wenn man stumm wäre, gäbe man gewisse Informationen preis. Doch ich glaube, dass ich deine Ketten nicht kennenlernen wollte, die unsere Verbindung – unsere »Affäre«, wie man so etwas nennt – unmöglich gemacht hätten, falls wir in die Versuchung geraten wären, unsere Liebe doch langfristig zu leben. Wie bei einer Kommunikation. Die Verbindung ist nicht gut, ich höre Sie nur schlecht. Aber unsere Verbindung war perfekt. Ich verstand, worauf du Lust hast, was dich im Leben antreibt, und du erahntest, was mich wahnsinnig macht, weil es nicht meinen Werten entspricht. Und doch müssen wir diese perfekte Verbindung nun kappen. Das war von Anfang an vorgesehen. Wir halten an unserer Vereinbarung fest: Jeder von uns wird in sein kleines Leben zurückkehren.

Du musst begriffen haben, dass ich verheiratet bin. Ein Ring am Finger, Telefontermine jeden Abend zu einer gewissen Uhrzeit. Diesbezüglich hast du mir nie Fragen gestellt. Aus Anstand. Und vermutlich auch aus Angst, dass mein in Worte gefasstes Eheversprechen mich von dir entfernen könnte. Bestimmt weißt du auch, dass ich Kinder habe. Sie tauchen als Hintergrundbild auf dem Handy auf. Einen Jungen und ein Mädchen, »des Königs Wunsch wurde erfüllt«, wie man bei uns in Frankreich zu sagen pflegt, auch wenn ich mich nicht als König von was auch immer sehe.

Seltsamerweise fühlte ich mich zu keinem Moment in den drei Monaten aufgrund meiner Untreue schuldig. Nicht einmal am Wochenende, wenn ich zu meiner Familie nach Hause flog. Ich hatte nicht das Gefühl, ihnen etwas vorzumachen. War ich dort, so war ich glücklich, sie wiederzusehen, meine Rolle am Familientisch einzunehmen. Und kaum war ich am Sonntagabend in Paris gelandet, freute ich mich auf dich. Als hätte das, was ich unter der Woche tat und fühlte, nichts mit dem zu tun, was am Wochenende stattfand. Als würden sich zwei unterschiedliche Männer denselben Körper teilen. Was für ein schizophrener Gedanke von mir, anzunehmen, dass die Gefühle dieser beiden klar zu trennen sind. Spätestens jetzt, zur Stunde des Abschieds, weiß ich, dass ich mir die ganze Zeit etwas vorgemacht habe, in der irrigen Annahme, auf diese Weise nebenher und danach weiterleben zu können wie bisher.

Jetzt, hier in diesem kleinen Restaurant am Canal Saint-Martin, gestehe ich mir endlich selbst: Mit dir habe ich meine Frau das allererste Mal hintergangen. Das sage ich nicht, um mir mildernde Umstände zu verschaffen oder meinen Fehltritt abzuschwächen. Nein. Nur um zu sagen, dass das niemals zuvor passiert ist, dass ich niemals Lust darauf hatte. Doch mit dir hatte ich sie vom allerersten Tag an betrogen, sowie ich dich gesehen habe, sowie du das Besprechungszimmer betreten hast. Natürlich sahst du gut aus. Aber das war es nicht. Es war dein Lächeln. Deine bedächtigen Gesten. Du hast dich aufrecht hingesetzt und alle aufmerksam angesehen. Du hast dir dabei Zeit gelassen. Ich glaube, die ganze Sitzung über habe ich nur dich angestarrt. Irgendwann hast du das Wort ergriffen und deinen Einführungsplan vorgestellt. Ohne Trommelwirbel und Fanfaren. Ganz ruhig, faktisch und chronologisch. Du beschriebst die Aktionen, die nacheinander stattfinden würden. Die anderen am Tisch nickten, sie waren deine Genauigkeit und deine Strenge gewohnt, sie vertrauten darauf, wussten, dass sich alles exakt so abspielen würde, wie du es verkündest. Nur ich dachte, dass da soeben etwas ziemlich Großes und Unvorhergesehenes direkt vor unseren Augen geschah.

Als ich dich zwei Abende später auf einen Drink einlud, hast du die Einladung ganz selbstverständlich angenommen. Als wäre auch das vorhergesehen gewesen. Als müsste es einfach so kommen. Wir waren beide etwas unbeholfen und verlegen, für uns beide war es wohl das erste Mal, aber wir haben nicht dagegen angekämpft. Und dann habe ich dich vor meiner Zimmertür etwas zu lebhaft geküsst, unsere Zähne knallten gegeneinander, zitternd nahm ich deinen Kopf zwischen meine Hände. Ich hatte so furchtbar Angst, du könntest flüchten. Gleich zu Beginn.

Du rufst jetzt die Kellnerin, um dir die Dessertkarte geben zu lassen. Und du bestellst zwei weitere Gläser Champagner. Damit willst du mich auf die Seite der alkoholisierten Leichtigkeit ziehen. Du hast wohl die Gedanken erraten, die, schwarzen Wolken gleich, durch mein Inneres ziehen. Du hast die Melancholie immer vermieden. Du nimmst uns mit, zum Glück. Profiteroles mit Schokoguss. Das bestellst du, als die Bedienung zurückkommt. Und du lachst. Ich wähle eine Mango Panna cotta.

Nach diesem Essen kehrt jeder von uns in das Leben

zurück, über das wir Kontrolle hatten, ehe wir uns trafen. Aber stimmt das wirklich? Sind wir denn nicht jemand anderes geworden? Hat uns diese Liebe nicht verändert? Wird uns das vorherige belanglose Leben immer noch gefallen?

Ich werde jedenfalls all die Dinge tun, von denen du mir gesagt hast, dass ich sie stets mit Freude machen soll. Ich werde Milchschokolade mit ganzen Haselnüssen kaufen, mit der elektrischen Zahnbürste vier Sekunden auf jedem Zahn verweilen, ich werde meine Hände eincremen, Kirchen besichtigen, mir eine Vespa kaufen und darauf achten, dass meine Schuhe geputzt sind, weil die Eleganz eines Mannes danach beurteilt wird. Ich werde mit meinen Kindern auf Augenhöhe reden, Nancy Houston lesen, beim Sex die Socken ausziehen, mehr Champagner trinken, Tennis spielen lernen und tanzen, ich werde sagen, was ich empfinde, mir sogar Vincent Delerm anhören, und jeden Abend an drei schöne Dinge denken, die mir tagsüber widerfahren sind. Doch du wirst nicht mehr Teil meiner Freude sein.

Wir könnten die Dinge ändern. Ich könnte nicht nach Hause fliegen. Kann man so was nicht einfach entscheiden? Kann man das Schicksal nicht einfach mal selbst in die Hand nehmen? Wozu nützt mir all mein vorheriges Leben, wenn ich dich verliere?

Und wenn ich mich für dich entscheide und mein Leben ändere?

Die Desserts werden aufgetragen. Du beißt genussvoll in deine geeisten, mit Schokolade überzogenen Profiteroles. Ich rühre meine Panna cotta nicht an.

»Beeil dich, sonst verpasst du noch den Flieger«, raunst du mir zu.

»Ja, du hast recht.«

Widerwillig schiebe ich mir einen Löffel meines Nachtischs in den Mund. Es kommt mir so vor, als wäre die Creme mit Salz überzogen.

21

»Nein, Ali, jetzt nicht! Hier wollen alle gleichzeitig zahlen, echt, ich kann dir gerade nicht helfen.«

»Es muss aber! Bitte! Ich brauch dich in der Küche.«

»Was ist denn los? Die Gäste sind satt, inzwischen sind alle beim Nachtisch! ... Okay, okay, ich komme und helfe dir, den schweren Soßentopf vom Herd zu nehmen, bevor alles anbrennt. Du brauchst nicht länger einen auf bettelndes Kätzchen zu machen, du weißt ganz genau, dass das bei mir viel zu gut funktioniert.«

Als Cyril zurückkommt, ist das Licht im Restaurant sehr schwach. Scheiße, wieder mal ein Problem mit der Elektrizität. Wenn Ali die Spülmaschine in der Küche anwirft, nimmt die Helligkeit im Gastraum manchmal urplötzlich ab, weil die Sicherung für die Hauptbeleuchtung rausspringt.

Cyril will schon kehrtmachen – als von ganz hinten ein »*Happy birthday*« ertönt. Oh, es hat also jemand Geburtstag. Die Frau des Arztes vielleicht, an Tisch 6?

Ach, nein, sie sieht ihn an, etwas empört, sie macht so gar keinen freudigen Eindruck. Also an Tisch 5, Grégoire und Ariane, die ein Kind bekommen haben? Ja, Ariane lächelt unter Tränen, bestimmt ist sie es, sie scheint ganz gerührt zu sein.

Da kommt Marion den Mittelgang mit einem mit Kerzen geschmückten Schokokuchen entlang. Mhmm, sein Lieblingskuchen. Alis Tarte Tatin schmeckt auch gut, aber er muss zugeben, dass er ein Faible für seinen Schokokuchen mit dem weichen Kern hat, weil er ihn an seine Kindheit erinnert. Doch halt, warum bleibt Marion nicht am Tisch der jungen Eltern stehen? Wohin geht sie dann? Zu Monsieur Fontaine? … Auch nicht, der sieht ihn an.

Marion geht an ihm vorbei. Ach, sie kommt auf ihn zu. Und bleibt vor ihm stehen, hält den Teller vor ihm hoch. Ihre Augen strahlen. Das Flackern der Flammen spiegelt sich in ihren Augen, und sie singt: »*Happy birthday to you, Cyril.*« Und die Gäste hinter ihr singen mit. Monsieur Fontaine ist aufgestanden. Die Männer vom Businesstisch haben sich ebenfalls erhoben. Ebenso das junge Mädchen mit ihrem Vater. Und sogar der Rothaarige und sein Date, die fürs Singen endlich ihre Stimmen wiedergefunden haben.

Cyril fährt sich verlegen durch die Haare. Es stimmt, er hat Geburtstag – aber woher weiß Marion das? Ihm selbst ist das meist nicht so wichtig, seine Mutter hat ihn aber auch heute angerufen, Punkt 9 Uhr, dem Zeitpunkt, zu dem er geboren wurde. Sie ist die Einzige, die so pünktlich ist, aber sie ist ja auch die Einzige, die seine Geburt so intensiv miterlebt hat. Und dann hat er den ganzen Tag SMS von seiner Familie und Freunden bekommen, aber heute Abend, in den sich ständig wiederholenden Gesten und der verlangten Effizienz, hat er vergessen, dass es ein besonderer Tag ist.

Die bunten Kerzen brennen vor seinen Augen herunter und tropfen auf den Kuchen, hinterlassen Pfützen, die zu rosafarbenen und blauen Flecken verhärten. Er ist ganz entzückt. Das Flackern fasziniert ihn genauso wie damals mit fünf Jahren. Ein Gedanke kreist ihm dabei aber unablässig durch den Kopf: Marion hat das alles für ihn vorbereitet, zusammen mit Ali, der ihn vorhin so geschickt abgelenkt hat. Der Kuchen, die Kerzen, das gedimmte Licht, das Geburtstagslied, alles für ihn! Er muss sich Mühe geben, damit sein Kinn nicht zu zittern anfängt. Und seine Augen trocken bleiben.

»Na mach schon, puste sie aus«, sagt sie und hält ihm den Kuchen vors Gesicht.

»O ja, entschuldige«, stammelt er.

»Aber erst musst du dir was wünschen, nicht vergessen.«

Er sieht ihr tief in die Augen: *Lies in meinen Gedanken, bitte. Dann weißt du, was ich will. Du weißt es schon längst.*

Dann pustet er. Lange. Denn eine der Kerzen entzündet sich immer wieder, ein Scherzartikel. Die Gäste applaudieren und lachen herzlich. Der alte Herr ist ganz begeistert. Ein anderer Gast klopft ihm herzhaft auf den Rücken und sagt: »Das ist wirklich ein außergewöhnlicher Tag! Was für ein Abend, also ehrlich, was für ein Abend!« Die Entenbrustjungs pfeifen, rufen, johlen, heben die Gläser, machen einen Höllenlärm. Cyril lächelt vor sich hin. Ja, ein außergewöhnlicher Tag. Das ist es, was man sich doch an seinem Geburtstag wünscht. Und wer weiß, wie er noch enden wird.

Marion stellt seinen Kuchen auf dem Tresen ab und zieht die Kerzen nacheinander heraus.

»Hey, das war aber echt nett von dir. Woher wusstest du, dass ich heute Geburtstag habe?«

»Ich habe deine Sachen durchwühlt«, antwortet sie unverblümt und sieht ihm unverwandt in die Augen. »Ich habe mir deine Papiere angesehen, deinen Ausweis.«

Er wird blass und schluckt.

»Das war ein Witz«, korrigiert sie lachend, während sie den Kuchen anschneidet. »Ich durchwühle doch nicht die Sachen von anderen, das ist ein unumstößliches Prinzip.«

Cyril spürt, wie wieder Farbe in sein Gesicht gelangt.

»Na los, iss schon! Den hast du dir verdient.«

Er nimmt den Teller entgegen, den sie ihm reicht, und macht sich über den Kuchen her. Die Schokolade schmilzt in seinem Mund. Seine Kindheit drängt wieder nach oben. Dafür hat Ali wirklich ein Händchen.

Marion steckt voller Überraschungen. Und sie ist so ergreifend. Das ist heute wirklich ein außergewöhnlicher Tag!

22
Croque-monsieur

»Ha, unser erster Abend ohne Léon! Wie früher!«

Schwungvoll lässt sich Grégoire auf die Polsterbank fallen. Seine Gesten sind weich, nichts stört oder behindert ihn.

Langsam nimmt auch sie Platz. Sie hat noch immer diese Schmerzen im Rücken und zwischen den Beinen. Und sie fühlt sich so dick! So schlaff und leer und voller Falten, die dieses Besetztwerden bei ihr hervorgerufen haben. Dabei isst sie fast nichts mehr. Aber sie nimmt einfach nicht ab. Eigentlich dachte sie, dass sie nach der Geburt wieder in ihre alten Klamotten passen würde. Wie naiv sie doch war! Heute Abend musste sie noch einmal ihre Schwangerschaftshose anziehen, mit der sie auf die Entbindungsstation kam.

Das Baby ist seit einem Monat auf der Welt, und sie driftet dahin. Um sich an die Realität zu klammern, die ihr entflieht, erstellt sie Listen. Das ist ihr am Tag nach der Entbindung gekommen. Im Krankenhauszimmer, in dem es nach Reinigungsmittel, Suppe und Babywindeln roch, hat sie in Gedanken ihre Lieblingsdüfte Revue passieren lassen: frisch gemähtes Gras, Schokokuchen, Strohblumen, die in den Dünen wachsen, Algen, Haarlack, die Natur, nachdem es geregnet hat, »Mûre et Musk« von L'Artisan Parfumeur, der Duft von Grégoire, eine zerdrückte Himbeere. Seitdem erstellt sie ständig Listen, die sie mit der Realität verknüpfen. Die ihre Gedanken strukturieren, sie durchhalten lassen und verhindern, dass sie sich wie ein losgelassener Luftballon in die Lüfte erhebt.

»Ist es nicht schön hier, wir beide, mein Schatz?«

Grégoire kann nicht still sitzen, ständig sieht er sich um, beobachtet und erklärt, wie zufrieden und glücklich er ist über ihren Abend als Paar. Er lässt seinen Eindrücken freien Lauf, sie hingegen behält alles für sich. Es ist fast so, als wäre sie inzwischen mit ihrer Verbitterung schwanger, die von Tag zu Tag wächst. Sie grübelt und vergiftet sich. Irgendwann wird bestimmt ihre Milch dadurch schlecht. Sie ist die Gefangene ihrer selbst, ihres entgleisenden Geistes.

»Bist du hungrig? Worauf hast du Lust?«

Weil sie schnell wieder abnehmen will, isst sie nicht genug und produziert so nicht genug Milch, sodass der Säugling weint. Er weint so viel. Es heißt, dass Neugeborene zwanzig bis vierundzwanzig Stunden schlafen, aber das kann sie nicht glauben, nein. Oder aber das mit dem Baby ist wie mit dem Wetter, es gibt einen Unterschied zwischen der Vorhersage im Fernsehen und dem, wie es dann wirklich ist: Ihres schläft jedenfalls nicht so lange und weint die ganze Zeit. Dabei geht sie permanent mit ihm spazieren, schleppt es im Tragetuch mit sich herum. Sobald sie es ablegen will, schreit es jedoch los. Daher merkt sie gerade, dass etwas fehlt, ihr Kängurubeutel ist leer. Sie fühlt sich von einer Last befreit und gleichzeitig geradezu nackt. Dabei hatte sie sich doch so auf diesen Abend ohne ihren Minivampir gefreut, auf ihre Zweisamkeit mit Grégoire. Aber wie sie es auch betrachtet: Mit dem Baby fühlt sie sich unmöglich, ohne das Baby genauso. Sie steckt zwischen Wahnsinn und Nichts fest.

Was hat er sie gerade gefragt? ... Ach ja, ob sie hungrig sei. Und wie. Also, die Liste ihrer Lieblingsgerichte: Steak Tatar, Andouillette an Senfsauce, Gratin dauphinois, Œufs cocotte aux truffes und zum Dessert Operntorte oder Kouign-amann. Gibt es hier Eier? Sie kann sich nicht erinnern. Genau das wird sie nehmen, das ist gut, darauf hat sie Lust!

»Alles okay? Bist du zufrieden? Einen Abend lang nur du und ich, wie frisch Verliebte, das ist schon so lange her, nicht wahr?«

Wie frisch Verliebte. Ja, daran kann sie sich noch erinnern. Das Leben lag vor ihnen. Und sie wollten unbedingt ein Baby, das ihnen ähnelte. Das hatten sie beschlossen. Sie wollten zu dritt sein.

Jetzt sind sie zu dritt – aber die Glückseligkeit stellt sich einfach nicht ein. Die so heiß ersehnte Erfülltheit fehlt. Sie empfindet nichts. Gar nichts. Sie ist wie betäubt. Als hätte man ihren Gefühlen bei der Geburt eine noch immer andauernde Periduralanästhesie verpasst. Ihre Gefühle kreisen um sie herum, ohne dass sie sie jemals zu fassen bekommt. So, wie die anderen Gäste hier heute Abend um sie herumzukreisen scheinen. Grégoire und sie sind Stammgäste, sie erkennt ein paar Gesichter wieder, aber berühren oder gar freuen tut sie das nicht. Alles ist wie in Watte gepackt.

»Ach, sieh mal, Cyril kommt zu uns.«

»Hallo, ihr Turteltäubchen.«

Echt jetzt? Man sieht ihr wirklich nicht an, dass kein Funken Liebe mehr in ihr ist? Dass sie für jeden Gefühlseindruck unempfänglich geworden ist? Es ist aber auch gut möglich, dass es Cyril aufgefallen ist, er es nur nicht auszusprechen wagt, weil er nicht weiß, wie sie ein »Du siehst so müde, so verzweifelt aus« auffassen würde. Nein, natürlich können die anderen so was nicht ins Blaue hinein sagen. Außerdem ist Cyril sehr nett. Gegen Ende ihrer Schwangerschaft kam sie manchmal allein zum Essen her, abends, wenn Grégoire auf Dienstreise war. Er ließ sie am Tresen Platz nehmen und servierte ihr ihr Lieblingsgericht, Croque-monsieur. Manchmal aß sie sogar drei davon. Gelüste einer Schwangeren, wie man so schön sagt. Darüber musste Cyril lachen. Damals war sie noch normal, entsprach dem Standard, den Erwartungen. Erst mit der Geburt hat sie angefangen, gegen die Normen zu verstoßen.

Sie lächelt schüchtern. Sie will Cyril nicht anlügen. Wenn er feinfühlig ist, und das ist er, dann wird er sehen, dass sie nicht die glückliche junge Mutter ist, die sie sein sollte.

»Alles okay mit dem Baby?«

Sieh an, Cyril macht es wie sie, er nennt es nicht bei seinem Namen. Na ja, er ist kein Elternteil. Und er kennt es noch nicht und hat es sich darum womöglich nicht gemerkt. Aber sie, für sie gibt es keine Entschuldigung. Für sie ist es nur »das Baby«, das Wesen, das sie jede Nacht am Schlafen hindert, das sämtliche Energie aus ihr heraussaugt, das nichts tut außer schreien und an ihr saugen, aber den ganzen Raum einnimmt. Das Baby. Ja, genau das.

Freudestrahlend holt Grégoire sein Handy heraus und zeigt Cyril ein Foto.

»Unser Kleiner ist ein schönes Kind, nicht wahr?«, meint Grégoire und schiebt damit jeder Kritik, die es ohnehin nicht geben würde, einen Riegel vor. Wer würde es schon wagen, jungen Eltern zu sagen: »Der Kopf ist aber schon irgendwie eigenartig, oder?«

Also ja, es ist schön. Es ist sogar perfekt. Doch es ist auch gierig. Und rastlos. Unverständlich. Und zeitraubend. Zerbrechlich. Und so furchtbar abhängig von ihr.

Könnte Grégoire ihre Gedanken hören, würde er sie auf der Stelle verlassen.

»Unser kleiner Léon ist in Topform«, fügt Grégoire begeistert hinzu. »Du müsstest mal sehen, wie er trinkt. Ein richtiger Nimmersatt ist er! Das ist ein zukünftiger Gast für dich, Cyril, da musst du dann richtig auftischen.«

Grégoire macht Scherze. Grégoire ist glücklich. Er sieht ihre Zukunft vor sich. Was ihr nicht mehr gelingt. Sie kann nicht mehr lachen, nur noch weinen. Noch nie in ihrem Leben hat sie so viel geweint. Das liegt an den Hormonen, ja gut, aber es ist nicht nur das. Sie verbringt ihre Tage mit dem Kleinen und bejammert in ihrem Innersten das schreckliche Leben, das ihm mit einer solchen Mutter bevorsteht. Sie sieht nach der Nacht keinen Tag mehr, keine Aufheiterung nach dem Gewitter, keine Wärme nach der Kälte. Jede Stunde allein mit ihm stellt einen unüberwindbaren Berg dar, und ihr bleibt nur, ihn zu bezwingen. Um dann herauszufinden, dass sich dahinter ein weiterer Berg vor ihr auftut.

Cyril legt ihr eine Hand auf die Schulter, einfach so, ganz beiläufig. Er versteht sie, versteht alles. Ihr kommen die Tränen, unauffällig wischt sie sie aus den Augen. Grégoire bemerkt es nicht. Er ist sich ganz sicher, dass sie genauso glücklich ist wie er.

»Und, machst du Fortschritte bei ihr?«

Grégoire deutet mit dem Kinn auf die Bedienung.

»An manchen Abenden geht's voran, an anderen sind's eher Rückschritte«, antwortet Cyril verlegen.

Cyril und sein Schamgefühl. Manche Dinge ändern sich nie.

Aber immerhin geht das Leben für ihn und die anderen weiter. Sie verlieben sich, gehen zum Essen in Restaurants, flirten, verheddern sich in ihren Geschichten, erst wagen sie es nicht, dann versuchen sie es doch. Sie hingegen bleibt am Ufer zurück. So sieht es aus. Dieses Restaurant am Rand des Canal Saint-Martin, das ist sie. Die Schiffe tuckern vorbei, die Schleusen öffnen und schließen sich, Fahrräder sausen am Ufer entlang, Leute schlendern vorbei, und sie sieht zu, reglos, ist fest am Ufer vertäut. Wie unbeteiligtes Publikum wohnt sie einem Spektakel namens Leben bei, das sich ohne sie entfaltet.

Manchmal, wenn das Baby endlich eingeschlafen ist, setzt sie sich aufs Sofa und versucht, sich zu erinnern: Wie war es vorher? Wie hat sie da ihre Tage verbracht? Sie ging zur Arbeit, scherzte mit ihren Kollegen, sie erzählten sich Geschichten, lachten zusammen. Und am Abend ging sie mit Grégoire spazieren, etwas trinken, ins Kino oder ins Konzert. Das war ihr Leben, es war erfüllt und gefiel ihr.

Und noch früher, als sie allein war, vor Grégoire? Zugegeben, das war etwas trist: Da gab es morgens niemanden, der sie mit einer heißen Tasse Kaffee weckte, und abends fiel sie in ein kaltes Bett, auf der Seite, nach der ihr gerade war. Beständig lief das Radio, damit sie Gesellschaft hatte. Sie füllte ihren Kühlschrank gewissenhaft und erhoffte sich keine leckeren Gerichte, die zu Hause auf sie warteten, mit Ausnahme von denen, die sie sich selbst zubereitete. Sie konnte niemandem von ihrem Tag und den kleinen Details erzählen und hatte ständig Angst, als alte Jungfer zu enden. In der ganzen Wohnung war nur ihr Geruch. Aber es war trotzdem ihr eigenes, selbstbestimmtes Leben. Sie machte das, worauf sie Lust hatte und wann immer ihr danach war. Sie musste nur ihre eigenen Termine berücksichtigen, ihre Energie, ihre Wünsche und Bedürfnisse.

Jetzt ist sie wieder allein. Nur nicht mehr selbstbestimmt. Den ganzen Tag lang. Grégoire geht morgens zur Arbeit, und sie würde ihn am liebsten bitten zu bleiben. Aber das würde er nicht verstehen. Immerhin muss sie sich doch nur zu Hause um das Baby kümmern. Das ist doch eine geweihte Zeit, das sind wertvolle Momente für eine junge Mutter. Er beneide sie, sagt er oft lächelnd. Dabei würde sie ihm liebend gern ihren Platz überlassen.

Tatsächlich macht ihr das Baby Angst. Es ist so klein, und doch terrorisiert es sie. Genau seine Winzigkeit, diese Zerbrechlichkeit sind es, die ihr Angst machen, bis hin zur Panik. Denn mit ihnen gehen Forderungen einher, sie verlangen nach ihrer Kompetenz, ihrer Aufmerksamkeit, ihrer Mutterliebe. Was sie alles nicht besitzt. Sie versteht es nicht, kann die Erwartungen nicht erfüllen, schafft das einfach nicht.

Keine Frage, sie macht den Leuten etwas vor: Sie wechselt Windeln, füttert, badet, tröstet, geht mit ihm spazieren, singt, streichelt, wiegt es in den Schlaf. Sie tut es, um sich diesem Konflikt zu stellen, der sie so erschöpft und den Boden unter den Füßen verlieren lässt. Um den Schrecken irgendwann hoffentlich hinter sich zu lassen. Sie funktioniert, aber Zärtlichkeit und Interesse sind in ihrem Innersten weggesperrt. Ließe sie sie frei, würden sie mit diesem unbarmherzigen Argument über sie herfallen: Dieses kleine Wesen kann jeden Moment verschwinden, ins Nichts zurückkehren, aus dem es gekommen ist. Es kann jederzeit sterben. Lass deine Liebe nicht zu stark werden, du kannst es jeden Tag wieder verlieren.

Eine Bewegung lässt sie aufblicken: Ah, Cyril geht zurück zu seinem Tresen. Worüber hat er sich mit Grégoire unterhalten? Sie hat nicht zugehört. Sie ist wieder mal abgedriftet. Sie muss sich dringend an etwas festhalten, etwas Realem. Sie blickt sich um, doch außer Monsieur Fontaine erkennt sie niemanden. Okay, dann also die Liste mit den Dingen, die sie gern mag: die Jogger im Park, das Meer, Filme im Kino, Pausenhöfe, Feuer, die Bücher von Sempé, Wind in den Gräsern der Dünen, Bücherregale, russisches Ballett, Glenn Gould beim Klavierspielen …

Die Bedienung – wie hieß sie gleich noch mal? ... Ach ja, genau, Marion. Sie kommt mit der Speisekarte zu ihnen. Sie mag die junge Frau. Sie ist nett. Und sehr hübsch. Außerdem schlank, so schlank wie sie früher. Umsichtig reicht sie ihnen die Karten.

Sie möchte einfach nur etwas trinken. Viel trinken. Die Liste ihrer Lieblingsgetränke: Gin Tonic, Saint-Joseph, Amaretto, Himbeerlikör, Grüntee mit Mandelaroma, Grapefruitsaft, Piña Colada ... O ja, eine gute Piña Colada, das wär's! ... Aber das darf sie nicht, sie stillt noch. Die Liste der Verbote zieht sich in die Länge. Während der Schwangerschaft waren es Camembert, Alkohol, Sushis, Rillette, Zigaretten, und auch jetzt kann sie noch nicht frei entscheiden, was sie genießen möchte. Ihr Körper gehört noch immer nicht ihr. Dabei bräuchte sie gerade Alkohol. Um zu vergessen. Ihren Kummer zu ertränken. Sich in nichts aufzulösen.

Grégoire bestellt ein Bier für sich und eine Karaffe Wasser für sie. Ohne sie auch nur zu fragen, wonach ihr heute Abend ist. Seine Frau trinkt nicht, weil sie stillt, Punktum, so einfach ist das. Er entscheidet für sie. Also ist in gewisser Weise auch sie das Kind, als würde die Tatsache, dass sie es ausgetragen hat, ihr den freien Willen absprechen. Es gibt Momente, wie gerade eben, in denen sie Grégoire hasst. Das ist ihr noch nie zuvor passiert.

Dabei muss er all ihre Erwartungen erfüllen. Er ist ihr Fels in der Brandung, ihre Unterstützung, ihr Fenster nach draußen. Wenn er abends nach Hause kommt, fällt sie ihm um den Hals. *Erzähl mir von der Welt. Sag mir, dass es sie noch gibt. Dass die Leute ganz normal weiterleben.* Sie treibt durch eine andere Zeit, eine andere Realität: Alle drei Stunden hungert jemand nach ihr. Sie atmet und lebt ausschließlich für das winzige Wesen.

Tagein, tagaus wartet sie auf Grégoire, und sie hasst ihn dafür. Denn *sein* Leben hat sich nicht groß verändert. Höchstens zum Besseren, ein Zugewinn. Sie jedoch findet ihres nicht wieder. Sie hat es irgendwo in den Gängen der Entbindungsstation verloren. Sie hatte keine Ahnung, dass es so sein würde, davon hatte ihr niemand erzählt. Ein Kind bekommen. Es zur Welt bringen. Keine Frau hatte sie an ihrer Erfahrung des Danach teilhaben lassen. Das Schweigen der Mütter. Dieses stille Komplott für den Fortbestand der Spezies.

Ja, seit einem Monat ist sie wütend auf ihren Mann. Sie ist wütend auf ihn, weil er sie jeden Tag alleine lässt. Der Graben zwischen ihnen wird immer größer. Es gibt kein Trio. Dieses Kind, das wollten sie zusammen bekommen, und nun ist sie mit ihm allein, tagein, tagaus. Es ist allein von ihr abhängig. Wenn sie es nicht versorgt, stirbt es. Wenn sie abhaut, bringt sie es um. Sie kann die Flinte nicht ins Korn werfen. Auf sich allein gestellt, ist es lebensunfähig. Schon verrückt, diese Abhängigkeit. Sie hat ihm erst ihren Körper gegeben, dann ihre Zeit, ihre Milch. Grégoire hingegen hat nur ein bisschen

Samen beigesteuert, ein einziges Spermium, um genau zu sein, und seit der Geburt hin und wieder seine Arme, ein Lächeln, ein Kitzeln, ein Prusten auf den Bauch, Nebensächliches eben. Es gibt kein Gleichgewicht in dieser Triade, dieser schwierigen Beziehung zwischen einem Säugling und einer Mutter, der der Vater unbeeindruckt beiwohnt. Und in den wenigen Momenten, in denen er sich doch einmischt, kommt er ganz gut zurecht. Er nimmt das Baby ganz selbstverständlich und furchtlos hoch, während sie es meist weinend in den Armen hält. Er ist begabt, sie eine Niete. Ja, wenn sie ehrlich ist, so ist sie eifersüchtig auf Grégoire, auf seine Ungezwungenheit. Sie wird es vermasseln mit dem Baby. Es ist so perfekt, so klein, und doch so vollkommen, eine Rabenmutter wie sie muss ihm zwangsweise schaden.

Wie sie die Gelassenheit ihres Mannes verabscheut … besser, sie denkt an die Liste der Dinge, die sie wirklich verabscheut: sich ausländische Filme auf französisch ansehen; Leute mit Siegelring; solche, die Tennissocken in elegante Schuhe anziehen oder den Fernseher beständig laufen lassen; laute, nervige Typen wie diese Männergruppe beim Eingang des Restaurants; Kakteen; schwere Motorräder; Ochsenzunge …

»Haben Sie gewählt?«

Die Bestellung! Die hatte sie völlig vergessen.

»Ich habe noch nicht reingesehen, entschuldigen Sie bitte«, antwortet sie verwirrt.

Seit der Geburt kann sie sich auch nicht mehr konzentrieren. Sie schafft es nicht, einen Artikel zu lesen. Geschweige denn ein ganzes Buch. Sie überfliegt die Speisekarte. Vorspeisen: pochierte Eier in Rotweinsauce, Chefterrine, Tomatencarpaccio, Kürbissuppe ... Was soll sie bloß nehmen?

»Kein Stress, lassen Sie sich Zeit, ich komme einfach noch mal wieder.«

Die Bedienung lächelt ihr zu.

Es gibt hier wirklich nette Leute. Hier, um sie herum. Ihnen könnte sie das Baby anvertrauen. Natürlich nicht den sechs Typen beim Eingang mit ihrem vulgären Lachen. Aber sicher der Bedienung, sie ist so zuvorkommend. Oder diesen Spießbürgern am Tisch vor den Toiletten, die Frau Gemahlin und der Herr Gemahl. Die wissen ganz bestimmt, wie man ein Kind gut erzieht. Die haben garantiert selbst welche. Eines mehr wird sie da nicht umbringen, zumal die eigenen wahrscheinlich schon aus dem Haus sind. Selbst Monsieur Fontaine würde sich dem winzigen Wesen ganz hinreißend widmen, das seine Einsamkeit füllen würde. Oder das homosexuelle Paar hinter ihnen, die sich sogar noch beim Nachtisch an der Hand halten, sie ist sich sicher, dass auch die sich perfekt um das Baby kümmern würden. Und warum nicht das Paar zu ihrer Linken? Noch dazu wo sie vorhin einen Schwangerschaftstest aus der Handtasche gezogen hat und er genauso strahlt wie damals Grégoire und sie selbst. Dann hätte das Baby bald einen kleinen Bruder oder eine kleine Schwester. Sie würde es ihnen gern überlassen.

Auch Grégoire hat den Test gesehen. Offen gestanden hat er sie sogar darauf aufmerksam gemacht. Daraufhin hat er lächelnd ihre Hand gedrückt, weil er sich wohl an den Tag erinnert hat, an dem sich alles für sie veränderte, und an ihre Inszenierung, die sie mit Cyril abgesprochen hatte: ein drittes Besteck, dahinter ein riesiger Teddy. Grégoire hat sie hochgehoben und außer sich vor Freude herumgewirbelt. An dem Abend hat sie sich so schön gefühlt, so geliebt. Heute dagegen fühlt sie sich nur noch hässlich, ihr Bauch schwabbelt, und die Leute glauben sicher, dass sie noch immer schwanger ist.

Sie schweift schon wieder ab. Na dann, wenn sie schon dabei ist, dann kann sie auch in Gedanken die Liste der Orte herunterbeten, wo sie gern einmal hinreisen würde: zum Mont-Saint-Michel; nach Petra in Jordanien; zum Taj Mahal; nach Montana, um herauszufinden, ob es da so ist wie in ›Aus der Mitte entspringt ein Fluss‹: in die Toskana, auf eine von Zypressen gesäumte Schotterstraße; nach Olympia im Frühling.

Vorhin hatte jemand ganz plötzlich das Licht im Restaurant gedimmt, die Unterhaltungen waren verstummt. Und dann trug die junge Kellnerin einen Kuchen Richtung Tresen, wo Cyril ihn völlig überrascht entgegennahm. Sie trug ihn ein bisschen verschüchtert und leicht geniert, aber ohne zu wanken, und sang dabei leise »*Happy birthday*«, in das dann alle Gäste einstimmten, in verschiedenen Tonlagen, die nicht gut zusammen harmonierten. Ihr selbst gelang es nicht, ihre Stimme mit den anderen ertönen zu lassen, aber die Freudenrufe und die Herzlichkeit wärmten ihr Herz. Und Grégoire brüllte begeistert mit.

Als der Enthusiasmus abschwoll, pustete Cyril seine Kerzen aus, und danach konzentrierte sich wieder jeder auf sein Gegenüber am Tisch, auf seine Angelegenheiten, oder seine Einsamkeit …

Die Bedienung kommt wieder zu ihnen, wie immer mit einem herzlichen Lächeln. Mist, sie muss sich jetzt wirklich entscheiden. Sie hält die Karte schwungvoll hoch, wirft dabei die kleine Vase mit der Nelke um, sie fällt auf die Gabel, klirrt, ohne zu zerbrechen, das Wasser verteilt sich, die Blume fällt zu Boden.

»Das tut mir leid, wirklich, ich bin so ungeschickt, entschuldigen Sie, ich …«

Die Liste ihrer Lieblingsgeräusche: der Jingle von der SNCF, Regentropfen auf Dachziegeln, die Kaffeemaschine, das Surren der Nähmaschine, der Gesang einer Amsel, der Wind in den knatternden Segeln …

Die Bedienung tupft das Wasser auf, das die weiße Tischdecke tränkt.

»Keine Sorge, so was passiert jedem einmal. Das ist kein Problem.«

Schnell, schnell die Liste der Wörter, bei denen sie nicht weiß, wie man sie schreibt: Pyrenäen, Rhythmus, Tattoo ... Und die Liste der männlichen Vornamen, die sie so gern mag: Simon, Antoine, Pierre, Alkibiades. Léon gehört nicht dazu.

Die Bedienung hat alles aufgetupft.

Und sie hat noch immer nicht gewählt.

»Es tut mir so leid, ich weiß auch nicht, was los ist, ich kann mich einfach nicht entscheiden, pardon, wirklich ...«

»Kein Problem. Lassen Sie mich wissen, wenn Sie so weit sind.«

Um sich für ihre Unentschlossenheit zu entschuldigen, fügt sie schnell noch hinzu:

»Ach, ich wollte Ihnen noch sagen, dass das so nett ist, was Sie da für Cyril gemacht haben, der Kuchen, die Kerzen, das war sehr berührend, ich ...«

»O ja«, fällt ihr Grégoire ins Wort. »Cyril war total bewegt, das konnte man deutlich sehen. Bravo, Marion!«

»Ich danke euch«, antwortet Marion verlegen. »Wisst ihr, ich habe lange überlegt, ob ich mich das traue ...«

Die Bedienung – stimmt, Marion heißt sie – geht mit rotem Kopf zum nächsten Tisch.

Grégoire ergreift ihre Hand.

»Schatz, reiß dich zusammen, bitte! Konzentrier dich und entscheide dich für etwas.«

Als er das sagt, lächelt er sie mit seinem wunderschönen Lächeln an, das sie so sehr liebt. Dennoch kehrt der Hass zurück. Er sagt ihr wieder mal, was sie tun soll. Seit sie Mutter geworden ist, bekommt sie von allen um sich herum nur Ratschläge, ein »du solltest«, »ich an deiner Stelle«, »weißt du, Kinder brauchen eigentlich …« Das macht sie fertig. Sie weiß selbst, dass sie nicht den Anforderungen entspricht. Sie ist schon am Untergehen, da muss man ihr nicht auch noch den Kopf unter Wasser drücken.

Sie streicht mit der Hand über die nasse Tischdecke. Ihre Augen füllen sich schon wieder mit Tränen. Sie sieht zur Decke, damit sich der Wasserpegel in ihren Augen wieder senkt. Keine Chance. Hastig steht sie auf, um zur Toilette zu gehen.

»Entschuldige mich«, murmelt sie.

Sie entschuldigt sich nur noch, bittet um Verzeihung, überhaupt noch da zu sein, statt sich endlich auszulöschen … Schnell, die Liste der Fehler im Französischen, die sie einfach nicht erträgt: wenn Verben falsch angeschlossen werden, mit einem »de« statt einem »à«; oder wenn nach »*malgré que*« und »*après que*« der Indikativ anstelle des Subjonctif verwendet wird …

Wohin ist sie gerade unterwegs? Ach ja, auf die Toilette, stimmt.

»Da lang«, ertönt hinter ihr eine Stimme, Marion …

Die Liste ihrer Lieblingsfilme: ›César und Rosalie‹, ›Der schmale Grat‹, ›Cyrano von Bergerac‹, ›Breaking the

Waves‹, ›Die durch die Hölle gehen‹, ›Eine Frau unter Einfluss‹, ›Die Brücken am Fluss‹ …

Sie geht nicht einmal in eine Toilettenkabine, sie begnügt sich damit, sich Wasser ins Gesicht zu spritzen, ohne in den Spiegel zu sehen, denn ihr würde nicht gefallen, was sie da sieht, für heute Abend hat sie schon genug Unwohlsein in sich.

Als sie an ihren Tisch zurückkommt, meidet sie Grégoires Blick. Sie nimmt die Karte und verkündet:

»Ich wähle jetzt. Ich muss Fleisch essen, glaube ich, ich brauche Eisen. Aber habe ich überhaupt Lust auf Fleisch? Nein. Ah, jetzt weiß ich es, ich will einen Croque-monsieur. Wie früher. Einen Croque-monsieur, ja, genau, das hätte ich gern!«

23

Er trocknet die Gläser ab. Die Gäste gehen, ein Tisch nach dem anderen.

Die Atmosphäre entspannt sich. Und Marion mit ihr. Er hat sehr wohl gesehen, wie sie auf Ariane reagierte. Die konnte sich heute Abend nicht entscheiden, sie wusste einfach nicht, was sie nehmen sollte. Doch diese Entscheidung konnte ihr niemand abnehmen. Marion hat ihretwegen Zeit verloren. Ariane hat sie ausgebremst. Aber Marion ist ganz ruhig geblieben. Sie hat gelächelt, beraten, geduldig gelenkt.

»Alles klar an Tisch 5?«, fragt er, als sie zurückkommt, um die letzte Bestellung des Abends einzutippen.

»Ja, sie konnte sich nicht so richtig entscheiden, aber letztlich hat sie einen Croque-monsieur genommen.«

Genau wie damals, als sie schwanger war, sagt Cyril sich mit einem gerührten Lächeln. Ein gutes Zeichen. Er hat sehr wohl gemerkt, dass Ariane sehr müde wirkt, aber wenn sie ihr Lieblingsgericht wählt, scheint sie die große Umstellung vielleicht langsam zu verkraften.

»Ja, ich weiß, wir machen abends eigentlich keinen Croque-monsieur, aber die Arme wirkte so verloren, da musste ich einfach nachgeben.«

»Das war richtig von dir«, pflichtet er ihr bei und nickt.

Cyril blickt ihr nach, während sie zu Ali in die Küche verschwindet. Sie identifiziert sich mit Ariane. Auch sie ist in der Unentschlossenheit gefangen. Immer wieder zieht sie sich zurück, macht bissige Witze und dann, auf einmal, ein Schritt nach vorn, einen Kuchen zwischen den Händen. Er muss sie davon überzeugen, nur noch Schritte nach vorn zu machen. Vertrauen zu haben. Ja, das ist es …

Schüchtern stellt sich der Rothaarige an den Tresen.

»Die Rechnung bitte«, sagt er und nimmt seine EC-Karte heraus.

»Die ist schon bezahlt.«

»Wie … wie das?«

»Der Herr, der da drüben saß, mit seiner Tochter, der hat für Sie bezahlt.«

»Aber den kenne ich doch gar nicht!«

»Es war ihm ein Bedürfnis, Sie und Ihre reizende Begleitung einzuladen.«

»Oh … also, vielen Dank!«

»Bei mir müssen Sie sich nicht dafür bedanken …«

»Ja, pardon, Sie haben recht. Dann richten Sie ihm meinen herzlichen Dank aus, und ich …«

»Das mache ich, wenn ich ihn wiedersehe. Ihnen beiden noch einen wunderschönen Abend.«

»Vielen Dank. Ihnen auch. Vielen Dank noch mal!«

Der Gastraum leert sich. Monsieur Fontaine bleibt noch ein bisschen. Er wird bestimmt als Letzter gehen. Niemand erwartet ihn zu Hause. Cyril bringt ihm einen Birnenschnaps.

»Der geht aufs Haus«, sagt er mit einem herzlichen Lächeln.

Ein bisschen menschliche Wärme an diesem Abend. Der Typ aus Bordeaux ist als einer der Ersten mit hochmütiger, aber entschlossener Miene abgezogen, ohne Zoé auch nur mit einer Silbe zu erwähnen, bestimmt ist er auf dem Weg zu seinem nächsten Opfer. Er wird die Nacht wohl kaum allein verbringen, so etwas ist unvorstellbar. Die beiden verliebten Männer von Tisch 2 sind seltsamerweise nacheinander gegangen, der Letzte hat seinen Koffer und sein schweres Herz hinter sich hergezogen. Der Arzt und seine Frau haben sich gleich nach der Kuchenüberraschung verzogen, sie gehen wohl früh zu Bett, wahrscheinlich jeder in einem eigenen Zimmer. Die schwangere junge Frau hat sich todmüde bei ihrem Freund eingehakt, im Gegensatz zu ihr wird er bestimmt nicht schnell einschlafen, die Neuigkeit hat ihn viel zu sehr aufgewühlt. Grégoire und Ariane beenden als letztes Paar in aller Ruhe ihr Essen.

»Ich bezahle für meine Jungs hier!«, verkündet der Chef der Entenbrüste mit donnernder Stimme.

Etwas anderes hätte Cyril von ihm auch nicht erwartet: Prahlerei, überzogene Fröhlichkeit, Kaufkraft. Seine Angestellten ziehen ihre Mäntel an. »Was der immer alles erzählt, unser Chef!« »Immer wieder gut, so ein Abend ohne Frauen!« Auch ohne darum gebeten worden zu sein, lässt Cyril eine Rechnung mit Bewirtungsbescheid heraus. Seine Großzügigkeit möchte der Chef bestimmt steuerlich absetzen, das weiß er.

Cyril hilft Ali, in der Küche klar Schiff zu machen. Das ist der Moment, den er am meisten mag: Der Abend lief gut, sie hatten alles im Griff, und jetzt nehmen sie das Restaurant wieder in ihren Besitz, putzen, räumen auf.

Marion wischt den Boden im Gastraum. Sie wiegt sich mit dem Wischmopp. Sie hat solche Arbeiten noch nie gescheut, hat sie einmal beiläufig erklärt. Wenn sie es nicht macht, dann macht es jemand anderes, der ebenso viel wert ist wie sie.

Er tut so, als würde er seine Flaschen aufräumen, während er darauf wartet, dass sie fertig wird.

Kaum ist Monsieur Fontaine gegangen, kommt auch Grégoire an den Tresen, um zu bezahlen.

»Schönen Abend noch. Und noch mal alles Gute zum Geburtstag!«

»Danke«, sagt Cyril und reicht ihm den Beleg seiner Kreditkarte.

»Und nutz auf jeden ...«

»Danke«, unterbricht ihn Cyril.

Er will nicht, dass man ihm Ratschläge erteilt. Das ist seine Geschichte, die nur Marion und ihn etwas angeht.

Lächelnd bricht Grégoire mit seiner Frau auf. Er ist nicht beleidigt. Seine Freude ist unverwüstlich.

Marion kommt mit dem Eimer Schmutzwasser an Cyril vorbei, um ihn in den Toiletten auszuleeren. Ein bewegendes Aschenputtel, das nicht über seine Arbeit murrt, seine »Prinzessin«, wenn sie das sein will, auch wenn er nicht an Märchen glaubt.

Wieder geht sie mit Putzeimer und Wischmopp an ihm vorbei, stellt sie zum Trocknen in die Abstellkammer. Danach holen sie alle ihre Taschen, schlüpfen in ihre Jacken, ziehen mit Ali das Gitter herunter und schließen ab. Sie brauchen sechs Arme für das schwere Eisengitter, damit es sich nicht hier und da verkantet.

Nachdem Ali sich verabschiedet hat, stehen sie da wie zwei Pfosten, in ordnungsgemäßem Abstand zueinander.

Jetzt oder nie.

»Soll ich dich heimbegleiten?«, fragt Cyril zögernd.

Gleichzeitig schließt er sein Fahrrad auf. Er hat sich vorbereitet. Vor Arbeitsbeginn hat er sein hellgrünes Peugeot am Zaun vor dem Restaurant angekettet statt im

Innenhof. Sie durfte nicht einfach verschwinden, während er sein Rad holte.

»Was?«

Sie ist stehen geblieben, geht ein paar Schritte zurück in seine Richtung.

»Soll ich dich heimbringen?«, fragt er noch einmal.

»Also, du bist mit dem Rad da ... ich habe meins nicht dabei ...«

Sie hat die Arme vor der Brust verschränkt. Sie schützt sich vor ihm. Jetzt bloß nicht den Mut verlieren, Cyril.

»Um so besser. Auf der Stange vor mir ist genug Platz für dich.«

Er setzt all seinen Enthusiasmus, sein bezauberndstes Lächeln und seine Hoffnung in seinen Vorschlag, seine letzte Karte an diesem Abend, seinem Geburtstag.

»Bist du dir sicher?«, sagt sie nach einem kleinen Zögern, das sich für Cyril wie eine Ewigkeit anfühlt.

Ja, ganz sicher. Na komm, sag ja, bitte, Marion, du bist ...

»Ich hab ganz gute Muckis in den Waden«, hört er sich antworten.

Gute Muckis, echt jetzt, ein eleganterer Spruch fällt ihm nicht ein?

»Aber schau doch, es fängt an zu nieseln ...«

»Bist du etwa aus Zucker? Löst du dich bei Regen auf?«

Sein Ton ist bestimmt, auch wenn die Frage scherzhaft gemeint ist.

»Nein! Aber das ist gefährlich mit dem Rad …«

»Ich dachte, du bist mutiger.«

Ups, das hat er laut gesagt. Schwungvoll dreht er sein Rad herum, sodass er ihr den Rücken zudreht und sie nicht die Ungeduld in seiner Miene entdeckt. Er steht kurz davor, die Hoffnung zu verlieren. Er hat geglaubt, dass es nach diesem ereignisreichen Abend – an dem er den tapferen Ritter gegeben hat und sie auch ihm, endlich!, ihre Zuneigung mit dem Kuchen gezeigt hat – einfacher wäre. Grundgütiger, was hält sie denn noch zurück? Wie stark ist sie in der Vergangenheit verletzt worden, dass sie noch so gegen das ankämpft, was da zwischen ihnen seit Wochen immer offensichtlicher wird, sodass selbst ihre Stammgäste es bemerkt haben? Würde er diese Wunde jemals heilen können?

»Aber du weißt doch nicht einmal, wo ich wohne …«, sagt sie zögerlich.

»Doch, ich habe deine Handtasche durchwühlt und mir deinen Personalausweis angesehen«, sagt er. »Übrigens, dein Foto …«

Sie erstarrt.

Doch Cyril lässt sich davon nicht entmutigen. Heute oder nie.

»He, das ist nur ein Scherz! Denselben hast du vorher gemacht. Ich habe keine Ahnung, wo du wohnst.«

Sie verpasst der Luft einen Fußtritt, entspannt sich sichtlich.

»Es kann sein, dass du ganz Paris durchqueren musst …«, meint sie dann.

»Na und?«

Mehr sagt er nicht. Das Ja muss jetzt von ihr kommen. Sie muss den Sprung ins ungewisse Wasser wagen. Er hat ihr tausendfach gezeigt, dass er sie mag und wozu er in der Lage ist, etwas Besseres als diese Wahrheit kann er ihr nicht bieten.

»Okay … Dann mal los!«

Lachend setzt sie sich vorne auf den Lenker, stellt die Füße auf die Schmetterlingsschrauben, die das Vorderrad fixieren.

Ihr Schal kitzelt ihn an der Wange. Er sieht nicht gerade viel. Der erste Tritt in die Pedale ist kritisch. Er darf nicht zittern, muss die Räder in Schwung bringen.

Nach einigem Hin- und Herschwanken findet das Rad seinen Rhythmus. Sie fahren die einsam daliegende Straße am Canal Saint-Martin entlang. Das Licht der Straßenlaternen spiegelt sich im Wasser. Das Gewicht auf dem Vorderrad macht das Fahren gefährlich. Doch für nichts auf der Welt würde Cyril jetzt woanders sein wollen. Und jedem, der sich später einmal nach einem Bild für das erkundigen würde, was da gerade entsteht, würde er genau das erzählen: Sie und er auf dem alten Rad seines Vaters, beide aufgewühlt, beide schweigend, mit ungewissem Ziel und schlecht verteiltem Gewicht, das das Vorankommen ziemlich erschwert, und dennoch haben sie sich für die gemeinsame Heimfahrt entschieden. Genau das waren und fühlten sie beide in diesem Moment. Genau so fing die große Liebe bei ihnen an.

Merci beaucoup

 Ich möchte mich bei all den Paaren bedanken, die dieses Buch durch ihre Erlebnisse, ihre Geständnisse, ihre Brüche und auch (oder vor allem) ganz unwissend inspiriert haben: Ich danke Godelive und Pierre, Anne und Cyril, Juliette und Vincent, Violaine und Philippe, Stéphanie und Yohann, Inessa und Franck, Marc und Lionel, Marie und Maxime, Garance und Martin, Stéphane und seinem Notizbuch, Raphaël und X (entschuldige, aber das wechselt zu schnell), Marie-Laure und Alain, Sophie und Thomas, Aude und Vincent, Anne-Marie und Frédéric, Soazig und François, Juliette und Martin, Bleuen und Rémi, Tilly und Benoît, Flora und Igor, Anne und Jean-Charles, Myriam und Jean, Aude und Paul, Anne-Marie und Jacques, Xavier und Anne-Lise, Philippe und Tania.

Dieser Roman verdankt euch viel.

Claire Renaud